U0925290

中国古典诗词精品赏读

王安石

张健松　张健柠　编著

五洲传播出版社

编　著　张健松　张健柠
后　记　李　冰
图片编审　迟乃义
责任编辑　王　峰
装帧设计　田　林

图书在版编目（CIP）数据

中国古典诗词精品赏读丛书：王安石／张健松　张健柠　编著
北京：五洲传播出版社，2008.7
ISBN 978-7-5085-1223-5
Ⅰ. 中...
Ⅱ. ①张...②张...
Ⅲ. ①王安石（1021～1086）－宋词－鉴赏
②王安石（1021～1086）－古典诗歌－鉴赏
Ⅳ. I207.2

中国版本图书馆CIP数据核字（2007）第175375号

出版发行　五洲传播出版社
地　　址　北京莲花池东路北小马厂6号
邮政编码　100038
网　　址　http://www.cicc.org.cn
制　　作　北京原色印象文化艺术中心
印　　刷　北京博海升彩色印刷有限公司
版　　次　2008年7月第1版　第1次印刷
开　　本　720×965mm　16开　7印张
字　　数　45千字
定　　价　29.80元

编者的话

中国在历史上是一个“诗歌的国度”，古典诗词是中国传统文化的奇葩。早在三千年前，我们的祖先就创作出了以“诗三百”为代表的优秀诗篇。此后每个历史年代，诗歌创作都结出丰硕的成果，其中不少名篇名句脍炙人口，传诵至今。“中国古典诗词精品赏读”书系选取了历史上最具代表性的诗人、词人的优秀作品，并加以详尽通俗的译注、评解，试图将古代中国人创造的最可珍贵的文化瑰宝介绍给当代海内外读者。

以“国风”为代表的《诗经》和以《离骚》为代表的楚辞，无论是在思想内容上还是在艺术手法上，都对中国后世诗坛产生了深远影响。中国诗歌至唐代而达到高峰，呈现出后人所称誉的“盛唐气象”和“少年精神”。而从李白、杜甫等诗人身上，从他们留下的诗歌中，不难看出“风”“骚”以来优秀传统的回响。他们都有强烈的现实关怀，关注国家、社会、民众等问题；而这种主题，往往是诗人通过自己的人生境遇和心灵历程去感悟，通过描绘自然界山川万物、人间世事民情来体现的。在唐诗的辉煌之后发展起来的宋代诗歌，成就也相当高，但最能表现宋代文学特殊成就的是词。宋代优秀的词家把这种长短句诗体运用到出神入化的地步，那或慷慨激昂、或委婉凄清的词作，今天读来仍有强烈的艺术感染力。可以说，唐诗宋词是中国文学史上最有神采的篇章。

中国古代诗歌注重抒情、写景，善于表现友情、亲情、爱情、乡情，以及其他复杂细微的个人情感。这形成中国诗歌又一个强大的传统。在儒家思想影响下，中国诗歌几乎从一开始就具有“发乎情，止乎礼义”的特点，情感的表达比较内敛含蓄，有别于西方的诗歌风格。与此同时，中国诗人们又强调“含不尽之意见于言外”，善于通过各种艺术手法传达言外之意，给读者以无穷的回味、想像空间。古代诗词中的优秀之作往往写得深情宛转，富于形象性和音乐性，诵读这些诗词，可以受到多层次的艺术感染和美的熏陶。古典诗词还善于表现自然之美及人与自然的融合。古人常说“诗中有画，画中有诗”，本书系中的每首作品，都配以当代画家根据诗词意境绘制的中国画，通过欣赏这些诗、画，可以更深刻地领悟到中国古代艺术作品中的诗情画意，品味其艺术之美。

除了“诗情画意”的特色外，本书系以各位诗人、词人单独成册，以更清楚地展示其不同的个性和艺术风格；各分册包括诗人、词人简介与作品赏析两部分。对每篇作品的赏析，又分为题解、句解、评解三个章节：题解交代创作背景；句解用现代语文对诗词进行逐句意译，对某些难懂的字词作注释；评解部分则提要钩玄，对作品特色进行点评。我们的本意，首先是帮助读者减少阅读中的文字障碍，继而是理解诗词的思想内容、艺术特色和写作技巧。

中国古代经典诗词把汉语升华到至美至纯的境界，足以使每个中国人感到自豪。这些作品是联接所有炎黄子孙思想、情感的文化纽带，无论身在国内，还是身在海外，优秀的诗歌对读者的感召力都是相通的。一个喜爱祖国传统文化的人，可能会不断地接触和学习祖先的这些遗产。久而久之，这些优秀文化中的一部分会积淀下来，构成每个人头脑中一道美丽的艺术长廊，不断给人以教益、激励和艺术享受。我们期望，本书系所介绍的诗词名篇能够成为这道艺术长廊的组成部分。

本书系介绍的诗人、词人，如唐代的李白、杜甫、王维、白居易、李商隐，宋代的苏轼、秦观、李清照、辛弃疾、陆游，还有东晋的陶渊明、五代的李煜、元代的萨都剌，等等，都是中国诗歌史上耀眼的星座。他们都各有很多传世名篇，限于篇幅，书中每人只选取了二三十首代表作品。由于我们水平有限，书中会有种种不尽如人意之处，敬请读者朋友提出宝贵意见。

目录

王安石简介

王安石字介甫，晚号半山居士，抚州临川（今江西抚州临川区）人，是北宋政治家、文学家。他生于宋真宗天禧五年（1021），卒于宋哲宗元祐元年（1086），曾封荆国公，死后又谥为文，故世称王荆公或王文公。

王安石的父亲王益是真宗大中祥符八年（1015）进士，做过几任地方官，一生未能显达，但为官清正，所到之处皆有治绩。王益崇尚儒家的德政，治理地方"一以恩信治之，尝历岁不笞一人"。在家也"未尝怒笞子弟。每置酒从容为陈孝悌仁义之本，古今存亡治乱之所以然"（王安石《先大夫述》）。父亲的言传身教对王安石的一生有很深的影响。王安石的母亲吴氏也有较高的文化素养，曾巩在为她写的墓志铭中称她"好学强记，老而不倦。其取舍是非，有人所不能及者"。因此王安石从小就接受了良好的家庭教育。王安石的两个妹妹也能诗文，经常与他唱和，显然也和母亲的影响有关。

王安石出生在其父临江军（今江西樟树西南）判官任上。从童年到少年，他一直随父亲游宦而四处漂泊。临江军判官任满后，王益出知本军新淦县（今江西新干），又知吉州庐陵县（今江西吉安）、成都府新繁县（今成都新都区新繁镇）。仁宗天圣八年（1030）出知韶州（今广东韶关）。明道二年（1033），王安石的祖父去世，他随父回临川守孝，这是王安石第一次回到家乡。三年后，王益起复江宁府（今江苏南京）通判，宝元二年（1039）死于任上，由于王益生前为官清廉，不蓄资产，家中无力将棺椁运回原籍临川，从此王安石一家也就定居江宁，金陵成了他的第二故乡。

在江宁的五年，王安石刻苦攻读，学问有很大进益。仁宗庆历二年（1042），他守制期满，进京参加进士考试。考试结束，考官把前十名的考卷进呈皇帝，由皇帝决定最后的名次。当时王安石为第一名。但他的赋中用了“孺子其朋”一语，是《尚书·洛诰》中周公训诫成王的话。仁宗皇帝看了不大高兴，就把他的名次与第四名杨寘对调，杨寘成了状元，王安石第四。

进士及第后，王安石被派往扬州任签书淮南节度判官厅公事。他在扬州任上经常通宵达旦读书，早晨来不及洗漱就去办公。他的上司知扬州韩琦还以为他少年高第，也像唐代杜牧那样“十年一觉扬州梦”，到处饮酒寻欢，就劝诫他要好好读书，不要荒废时间。王安石也不辩解，依然故我。除了奋勉读书之外，他还开始撰写学术著作。在扬州签判任上，他写成了一部数万言的《淮南杂说》，在思想界和学术界初露锋芒。当时人都认为“其言与孟轲相上下”。可惜的是，这部书在南宋以后就失传了。

庆历七年，王安石改任明州鄞县（今浙江鄞县）知县。他到任后首先对当地农业生产情况进行调查，了解到农民经常为旱灾所苦。他跑遍鄞县境内的十几个乡，劝督人们去疏浚川渠，在兴修水利上作出了一些成绩。青黄不接的时候，他把县府粮仓中的存粮借贷给农民，约定秋收之后加纳少量利息偿还。知鄞县的三年任期内，他做了不少这样的实事。

北宋有一条不成文的规定，凡在进士考试时取得甲科高第的，在派往外地任职满一任之后，可以申请考试“馆职”，即史馆、集贤院、秘书省等馆阁职事。这种官职比较清贵，升迁快，是跻身显要的捷径。凡是具备条件的官员，几乎无不循例而为。但王安石希望在地方上“得因吏事之力，少施其所学”，朝廷屡次召试不赴，主动要求外任。仁宗皇祐三年（1051），他被派到舒州（今安徽潜山）任通判，任满后在汴京作了两年群牧判官，嘉祐二年（1057）就又调到常州作知州了。

在知常州任上，他计划干一件大事，就是开凿运河，改善当地农业生产条件。但是上司浙西转运使并不支持，加上工程开始后就淫雨不止，民夫多病，进度缓慢，王安石最后只有忍痛放弃。开河之役半途而废，为了这件事他也受到很多讥议，心情很是苦恼愤懑。当时的官绅士大夫都已养成一种因循旧例、袭蹈故常的风习，不求有功，但求无过，这和王安石主张兴利革弊的积极务实精神是格格不入的。他承认自己事先没有充分预计困难，导致劳民废财；但他不能接受从此不问世事的劝告，认为“方今万事所以难合而易坏，常以诸贤‘无意’耳”，对官场中苟且偷安的风气很不以为然。

嘉祐三年，王安石又被任命为提点江南东路刑狱，职责是随时巡回于该路辖境之内，考察各州县对刑狱事件处理是否公允，官吏是否廉明称职。他在任内除了料理刑狱之事，还大力整顿“养交取容”的官场陋习，处治了五名官员，轻的罚金，严重的黜降一级官职，希望能借此扭转流俗媚世的风气。他还不拘一格提拔人才，差遣饱读诗书的低级武官刘季孙掌管饶州官学，可谓知人善任。

第二年，王安石又接到调令，回汴京任三司度支判官。从他进士及第开始仕宦生涯算起，这时已经将近二十年了。在长期政治实践经历中，他体察到了北宋建国以来在政治、经济、社会、教育、军事等各方面积累形成的一些弊端和问题，逐渐形成了一套政治改革方案。就任三司度支判官之后，王安石把一系列意见写成洋洋万言的《言事书》，进献给在位已三十多年的仁宗皇帝。《言事书》扼要地概括指出，存在于当前的严峻局势是“内则不能无以社稷为忧，外则不能无惧于夷狄，天下之财力日以困穷，而风俗日以衰坏”。他主张“法先王之意”，进行体制上的革新，并着重谈了从“教之、养之、取之、任之”四个方面入手，培养造就大量合格的行政官员，从而改造整个效率低下的官僚体制，以此作为全面改革的基础。但此时他的思路还不是很成熟，建议可行性不强，并没有得到皇帝和当权者的重视。

从嘉祐四年起，王安石一直在京内任职。嘉祐六年迁知制诰，负责起草诏诰等类的文字工作。其间也有一些临时的差遣，比如纠察在京刑狱，三次充任考试举人或进士的官员。嘉祐八年宋仁宗崩，同年八月，王安石的母亲吴氏也在开封逝世，王安石遂奉母柩归葬金陵，居丧守制。

“少年忧患伤豪气”，这就是王安石在执政之前读书、治学、为官的经历。他熟读深思，一直抱着经世致用的理想，希望能通过政治变革扭转北宋王朝积贫积弱的颓势。“材疏命贱不自揣，欲与稷契遐相希”，是他从少年时期就树立的人生理想。他在多年的地方官任上对农民“丰年不饱食，水旱尚何有”的困苦境地有很深的了解，也逐渐认识到社会贫困化的根源在于兼并。自北宋建立之初，统治者就实行“不抑兼并”的政策，放任地主阶级肆无忌惮地兼并土地。太宗时土地的集中已十分严重，“富者有弥望之田，贫者无卓锥之地”。至仁宗时，更是“势官富姓，占田无限，兼并冒伪，习以成俗”。这些兼并之家多享有不纳赋税的特权，致使国家财政收入不断减少。而只占有少量土地的农民和无田的佃户，除了直接或间接承受国家的绝大部分赋税负担，还要遭受地主阶级沉重的剥削。王安石一直主张，全国财富的开阖敛散之权必须操纵在中央政府的手中，然后政府对财富才能运用自如。否则任何人都可能“私取予之势，擅万物之利，以与人主争黔首，而放其无穷之欲”，产生地头蛇般的豪强兼并之家，成为分割王朝政府权力的一种势力。

在这样的认识基础上，王安石的理财观念也逐步形成。他认为正确的“生财之道”是“富其家者资之国，富其国者资之天下，欲富天下则资之天地”，主张通过发展生产，向大自然要财富。政府的理财官员不能与百姓争利，更不能与直接生产者争利，而要把注意力放在自然界的财源上，动员天下人去开发它，否则这一财源便将为豪强兼并人家所窃取。“因天下之力以生天下之财，取天下之财以供天下之费”的“理财之道”，也是他在熙宁年间厉行变法时奉守的一个原则。

宋英宗治平二年（1065），王安石丧满服除。英宗数次招他赴阙任职，他都因病推辞了，继续住在江宁，开始收徒讲学。英宗在位不满四年就驾崩了，其子赵顼以十九岁的弱冠之年即位，是为宋神宗。当神宗还是太子的时候，记室参军韩维经常向他称道王安石的学问和为人，他印象深刻。神宗继位不到三个月，就起用王安石知江宁府。同年九月，又改命他为翰林学士侍讲，调回开封。熙宁元年（1068）四月，王安石越次入对，与神宗进行了一次长谈。接着就奏进《本朝百年无事札子》，对宋朝建国百年来的政治、军事、税赋与理财、农业生产等情况，全都作了陈述；针对无处不在的那种因循、疲沓、苟且度日的委靡气局，王安石提出批评意见，希望协助神宗进行改革，借以富国强兵。这一番言论打动了神宗。熙宁二年二月，王安石任参知政事，主持变法，第二年又升为同中书门下平章事。这时他已成为众望所归的人物，士大夫们大都以为只要王安石登台执政，“太平可立致，生民咸被其泽”。

王安石主张，为了改变国贫的局面，必须采取“民不加赋而国用饶”的理财方针。一方面“摧制兼并”，把大商人、官僚、地主的部分剥削收入收归朝廷；另一方面扶植“农民”(中下层地主阶级和自耕农)，减轻差役，兴修农田水利，发展生产，预防农民起义的爆发。为此，他建立了一个指导变法的新机构——制置三司条例司。后来条例司撤销，由司农寺主持变法的大部分事务。吕惠卿、曾布等人参与草拟新法，陆续制订了均输、青苗、农田水利、募役、市易、免行、方田均税、将兵、保甲、保马等“新法”。各路设提举常平官，督促州县推行新法。这些新法按照内容和作用大致可以分为几个方面：供应国家需要和限制商人；调整国家、地主和农民关系并发展农业生产；巩固封建统治秩序和整顿军队，加强战斗力。此外，王安石等变法派还改革科举制，整顿各级学校；又以“富国强兵”为目标，在西北边防线上对西夏展开了攻势。

新法遭到了以司马光为首的保守派的强烈反对，王安石则用“天变不足畏，祖宗不足法，人言不足恤”的“三不足”之说回应。他认为水旱、地震、彗星等的出现是自然现象，不足为怪，只要“益修人事以应天灾”，则不足多虑。至于以天文附会人事，更不足信。他说，祖宗之法在祖宗时代也许合理，但时代已经不同，今天仍要实行就未必正确。若有人认为一法“可行万世”，那人就是“非愚则诬”。他不顾种种诽谤与攻击，毅然实施新法。

但是由于全国天灾不断，新法实施过程中又出现了种种问题，神宗实行新法的决心产生动摇。熙宁七年（1074），北方大旱，反对派趁机猛烈攻击新法，就连两宫皇太后也向神宗哭诉“安石乱天下”。一名叫郑侠的官员上呈流民图，图中景象惨不忍睹，神宗因此感到极大震撼，第二天就下令暂罢青苗、方田、免役等十八项法令。尽管这些法令不久之后得到恢复，但神宗与王安石之间已经出现了意见分歧。四月，王安石第一次被罢相，出知江宁府。

第二年二月，神宗再次召王安石入朝拜相。但此时的局面更加复杂。先是王安石一手提拔起来的吕惠卿为了铺平自己的升迁道路，用各种手段打击和诬陷王安石。而由于思想境界和战略设想的差距，宋神宗与王安石的关系也日益疏远。熙宁九年六月，王安石的独子王雱英年早逝，他感到心力交瘁，坚决要求辞职，于同年十月再度罢相，以镇南军节度使、同平章事的身份出判江宁府。熙宁十年十月，王安石辞去所有实际职务，开始退居林下的生活。王安石引退之后，神宗继续勉力维持新政局面。

王安石回到金陵后，过了十年闲适的退隐生活。他仍然关心新法，写诗歌颂变法的成效，如《歌元丰五首》、《元丰行示德逢》、《后元丰行》等诗篇。他还利用这段闲暇时间完成了一部文字训诂方面的著作《字说》。元丰元年（1078），他在江宁府城东门到钟山的半道上的白塘，也就是谢公墩

的原址上，为自己建造住宅，取名“半山园”。虽然房屋简陋，而且不设垣墙，四无人家，但是王安石很欣赏这种荒野自然之趣。他饶有兴致地引水叠桥，吟咏流连其中。

王安石钟情山水，喜欢寻幽探胜，访友论文。他早年就嗜读佛书，曾结交许多高僧大德，与蒋山觉海禅师的交情很深。退居江宁之后，他潜心佛学，对佛家经典研究得很透彻，注解佛经成为他一项重要学术活动。钟山山麓的古刹名寺如定林寺、悟真院也都成了他流连忘返，论法谈禅的地方。宋人叶梦得《避暑录话》记载：“王荆公不爱静坐，非卧即行。晚卜居钟山谢公墩，畜一驴，每食罢，必日一至钟山，纵步山间，倦则即定林（寺院名）而睡，往往至日昃乃归。”一次好友来访，正好王安石已经出门了，问下人他去了哪里，下人回答：“如果牵驴的在驴的前面，听牵驴的；要是驴在牵驴的前面，就听驴的。”可见其悠游之态。王安石出行都带着书籍，随时阅读。想停就招呼牵驴的停下，或坐松石下，或憩于田野耕凿之家，倦则卧，晚则归，一切任之自然。

精微而富于哲思的禅宗思想抚平了王安石刚强执拗的个性，也把他的诗歌创作带到了一个新的境界。但他终究是一个入世的政治家，生活的散淡闲适并没有冲淡他内心对新法成败的关注。元丰八年春天，宋神宗因为对西夏战事的失利而郁闷于怀，英年早逝。十岁的赵煦继位为宋哲宗，神宗的母亲高氏以太皇太后身份处理军国大事。高太后起用在守旧派中享有声誉的司马光为宰相，在他主持下尽废新法。王安石此时忧心如焚，“每日只在书院中读书，时时以手抚床而叹，人莫测其意”。当他得知免役法也要废罢时，愕然失声道：“亦罢至此乎？”，病体虚弱的王安石经受不住从朝中传来的种种消息，元祐元年（1086）四月初六，这位六十六岁的老人便与世长辞了。

王安石学问渊博，博学强记，凡书“读一过则成诵在口，终生不忘”。而且他兴趣广泛，“自百家诸子之书，至于《难经》、《素问》、《本草》、诸小说，无所不读；农夫、女工，无所不问”。他思维敏捷，“属文动笔如飞，初若不措意，文成，观者皆服其精妙”；而且“议论高奇，能以辩博济其说，人莫能诎”。王安石不光是诗文出众、擅长雄辩，而且在学术上也有重大建树。他在读儒家经典时，不拘守两汉以来的诸儒传注，而以独立不惑的精神，勇于发掘《诗经》、《尚书》、《周易》、《周礼》等经典的原始意义，敢于“网罗六艺之遗文，断以己意；糠秕百家之陈迹，作新斯人”。其学术体系蔚为大观，号为“荆公新学”，在两宋学术史上占有重要地位。

王安石是欧阳修倡导的诗文革新运动的积极参加者。作为唐宋八大家之一，他的散文雄健简练，奇崛峭拔；长篇横铺而不力单，短篇则纡折而不味薄。其中以论说文的成就最为突出，立意超卓，说理透彻，语言朴素精练，“只用一二语，便可扫却他人数大段”（清刘熙载《艺概·文概》），具有较强的概括性与逻辑力量。他的政论文组织严密，析理精微，向皇帝陈述政见的奏议措词大胆切直而又很有分寸，语气诚敬而又富于鼓动性。如《上仁宗皇帝言事书》，洋洋万言，体大思精，近人梁启超以为是“秦汉以后第一大文”，惟贾谊《陈政事疏》“稍足方之”。再有就是针砭现实的杂文和人物论、史评等小品，大多短小精悍，逻辑性很强，巧于设喻，笔锋锐利，寄慨深远。《读〈孟尝君传〉》全文不足百字，而抑扬吞吐，胜意迭出，尤为短文中的杰作。

记叙文在王安石的散文中也占有较大比重。人物传记如《先大夫述》，运用朴实的语言记叙其父王益居官清廉正直的事迹，着墨不多，而给人的印象较为鲜明。他的记叙散文不重写景状物、铺陈点染，而属意于借端说理、载道见志。《伤仲永》写仲永因后天不学，终于由神童沦为常人的可悲经历，申述劝学之旨。游记如《游褒禅山记》，记游、说理结合得紧密自然，可谓“深情高致，穷工极妙”（清《御选唐宋文醇》卷五十八引李光地语）。

王安石的诗歌创作也具有长于议论的特点，但其所反映的社会生活和诗人的内心都更为丰富、更为形象，成就超过了其散文。在漫长的创作历程中，他的诗风也屡次变迁，正如叶梦得《石林诗话》卷中所指出的：“王荆公少以意气自许，故诗语惟其所向，不复更为涵蓄。如‘天下苍生待霖雨，不知龙向此中蟠’，又‘浓绿万枝红一点，动人春色不须多’、‘平治险秽非无力，润泽焦枯是有材’之类，皆直道其胸中事。后为群牧判官，从宋次道尽假唐人诗集，博观而约取，晚年始尽深婉不迫之趣。乃知文字虽工拙有定限，然亦必视初壮，虽此公，方其未至时，亦不能力强而遽至也。”

依照这个观点，王安石现存的一千五百多首诗歌可以分为三个时期。在三十六岁任群牧司判官之前，其诗尚意气，少含蓄，题材上以政治诗为主，属于前期的创作。这些诗歌长于说理，倾向性鲜明，涉及许多重大而尖锐的社会问题，关注下层人民的痛苦，替他们发出了不平之声。如《感事》、

《兼并》、《省兵》等，从政治、经济、军事等方面描写和提示了宋代国势的积弱或内政的腐败，指出了大地主、大商人兼并土地对于国家和人民的危害，提出“精兵择将”的建议；《收盐》、《河北民》等，则反映了当时人民群众备受压榨、流离失所的悲惨遭遇。

从嘉祐元年三十六岁到熙宁九年五十六岁，是王安石诗歌创作的中期。他任群牧司判官和三司度支判官时，曾借读同僚宋敏求（次道）家藏的唐人诗集，于嘉祐五年编成《唐百家诗选》。亲操选政开阔了他的视野，他从中汲取了丰富的营养，在艺术上渐趋成熟，逐渐形成了自己雄直峭劲而又壮丽超逸的风格。这一时期他的创作题材广泛，除政治诗以外，咏史怀古、抒怀感旧和酬答赠别等诗作的比重大大增加。他的古体诗学习杜甫的沉郁顿挫，也吸取韩愈诗歌健拔雄奇、多用议论的特色，具有劲峭雄直之气，但在波折开阖中也不失平易自然，比较著名的如《桃源行》、《明妃曲》、《杜甫画像》等。对王安石律诗创作影响最大的是杜甫和李商隐。他认为“唐人知学老杜而得其藩篱者唯义山一人”，刻意学习他们格律精严、工丽典雅的风格和谋篇布局、启承开阖的技巧。他的名作如《思王逢原》、《示长安君》、《金陵怀古》等，用字工稳，对偶贴切，用事使典、饰辞属对无不得心应手，各臻其妙。他的绝句也能以尺幅千里的手法，将千古的得失和是非纳入短短的二十余字中，意见鲜明，议论横生，善于翻案，淋漓尽致地表达出自己的政治态度和批判精神，《赐也》、《商鞅》、《贾生》等是其中的代表。

晚年退居江宁至逝世，是王安石创作的第三个时期。这十年间他流连山水，学佛谈禅，平静的生活和心境，使他作品的内容和风格都发生了很大变化。他花了很大心血精研艺术技巧，语言运用更加精湛圆熟；再加上丰富人生阅历的洗礼和禅理禅趣的影响，他的诗歌艺术进入了一个深婉华妙的境界。相对于他的前期创作而言，这是一个大突破和大飞跃的时期。他这一时期的创作被称为“半山体”，奠定了他在文学史上的地位。

宋黄庭坚说“荆公暮年作小诗，雅丽精绝，脱去流俗，每讽味之，便觉沆瀣生牙颊间”。叶梦得也认为，“荆公晚年诗律尤精严，造语用字，间不容发；然意与言会，言随意遣，浑然天成，殆不见有牵率排比处”。这个时期王安石诗作的风格特点可概括为意境空灵，闲淡清丽，深婉含蓄，意韵幽远。《南浦》、《染云》、《书湖阴先生壁》、《江上》、《北山》等，都是古今公认的佳作。虽然他晚期的诗作多取幽静脱尘、悠然旷逸的意境，但有时也未能忘情世事，写出一些曲折言志的作品。像《北陂杏花》最后两句“纵被春风吹作雪，绝胜南陌碾成尘”，清人陈衍就以为“恰是自己身分”（《宋诗精华录》评语）。正如清代吴之振所言，“安石遗情世外，其悲壮即寓闲淡之中”（《宋诗钞·临川诗钞序》）。

总的来说，王安石的诗歌创作在扫清晚唐影响、开创宋诗局面的过程中起了很大作用。正如他评张籍乐府诗的名言“看似寻常最奇崛，成如容易却艰辛”（《题张司业诗》），他的创作也包含着自己的甘苦，给后世诗人以深刻启发。黄庭坚、杨万里等都受到他的影响。但他有时爱炼涩拙之句，押逼仄之韵，用冷僻之典，喜欢集古人成句填词做诗，也开启了江西诗派追求险韵硬语等形式技巧的风气。

王安石的词作数量不多，但成就较高，正如刘熙载《艺概》所论，“王半山词瘦削雅素，一洗五代旧习”。如《千秋岁引》（别馆寒砧）“意致清迥”（《蓼园词选》），《桂枝香·金陵怀古》堪“颉颃清真、稼轩”（《艺蘅馆词选》），都是不可多得的名篇。

王安石的诗文，宋徽宗时由薛昂等人编纂成集，但早已散佚。现在传世的有两种，一种是《临川先生文集》，即临川本；另一种是南宋龙舒刻本《王文公文集》。两种文集都是一百卷，但篇目、编次不同。中华书局整理出版的《临川先生文集》，以临川本为底本，参校其他各善本而成，是目前较完善的王安石全集。

出城

惯作野人多野兴，
欲为时用少时材。
出城偶与沙尘背，
转觉溪山入眼来。

题解

这是王安石青年时期的作品，大约作于庆历二年（1042）出任淮南节度判官后不久。他初为官，被官署中繁冗琐碎的事务压得透不过气来，和上司同僚的关系处得也不太好，不免牢骚满腹，甚至觉得“平生积惨应销骨”，时时有逃离官场、亲近自然的愿望。

出城 诗意图 王赫赫 绘

【句解】

惯作野人多野兴，欲为时用少时材

我不过是个村野之人罢了，虽然也想着为时所用，成为一个治世之才，可惜自己不通世用，没有应对时务的才能。心里时时都充满着对大自然的向往，盼着能到郊外游玩。“野人”，在上古是对居于郊野之人的称呼，与“国人”相对。后来泛指村野之人、农夫，并成为士人自谦之辞。如杜甫《赠李白》：“野人对膻腥，蔬食常不饱。”清仇兆鳌注：“野人，公自谓也。”指出“野人”是杜甫的自称。本诗中“野人”即王安石自称。“野兴”，对郊游的兴致或对自然景物的情趣。“时用”，出自《易·坎》：“王公设险，以守其国。险之时用大矣哉。”本义是指在特定时间的作用，后转指人的才能堪为当世所用。《北史·李彪传》：“（彪）识性严聪，学博坟籍，刚辩之才，颇堪时用。”亦指治世之才，如嵇康《与山巨源绝交书》：“足下若嬲之不置，不过欲为官得人，以益时用耳。”“时材”，指应时的才能，如曾巩《左右正言制》：“某绰有时材，通于世用。”

出城偶与沙尘背，转觉溪山入眼来

偶然间出得城来，离开了城市中的烦嚣和滚滚沙尘，渐渐觉得青山小溪纷纷扑入眼帘，一种久违的感觉又重上心头。“背”，离开；“转”，渐渐，更加。

评解

王安石无论是在早年作地方官时，还是拜相大力推行新法之后，都有很多人批评他不通晓世务。庆历二年他进士高第，出任淮南节度判官。当时韩琦知扬州，是他的顶头上司。王安石好学，用功苦读，“每读书达旦,略假寐,日已高,急上府,多不及盥漱”。这时他才二十二岁，正是少年得意。韩琦怀疑他生活放纵，夜饮无度，总想找机会规劝他，“一日从容谓荆公曰：‘君少年，无废书，不可自弃。’”王安石当时没有辩解，回去却私下和人说“韩公非知我者”（《邵氏闻见录》）。后来韩琦虽然知道误会了他，但也是“虽重其文学，而不以吏事许之”，不委以重用，原因是“介甫数以古义争公事，其言迂阔”。韩琦对王安石的意见多不采纳，只是赞许他“颇识难字”；而王安石又是最以治世之才自许的人，所以时时感觉受到轻视，难免产生怨望的情绪。

这首七绝开头很突兀，一连用了两个判断句。“惯作野人多野兴，欲为时用少时材”，自谦中透露出强烈的不满情绪。“野人”、“野兴”和“时用”、“时材”两两当句为对，音节简单重复，显得语急气迫，冲口而出。牢骚不平之气潜流暗涌，体现了王安石前期诗风直露深刻、语言犀利的特点。因为官府的生活是那么令人愤懑难耐，所以出城亲近原野、一散心怀的机会才显得那么难得，那么可贵，所以他用了一个“偶”字。离开了城市的污浊，精神不觉为之一振。另外，“背”字很准确地刻画出诗人努力摆脱世俗烦扰的意图，也透露出这种无形的桎梏留在他心中的阴影是非常强烈的。出得城来，他不能一下子就静下心来领略山水佳趣，所以溪山入眼的过程是渐渐的、逐步加深的。最后大自然终于涤净了他浮躁的心性，使他整个身心融入这缁尘不染的美景之中。

宋人李壁在《王荆公诗注》中曾推测，到底是什么事情引发了王安石“欲为时用少时材”的牢骚。他认为：“欧公尝荐介甫‘德行文学，为众所推’，末又云：‘安石久更吏事，兼有时材。’疑此语非公所乐，故于诗屡见此意。”然而这种理解过于胶柱鼓瑟了。虽然王安石可能认为“久更吏事”的评语不足以概括他治理天下的才能和抱负，又因为看惯了当时官僚们汩没流俗、因循旧章的“时材”，所以对这个词有一种反讽的理解，但是这种牢骚不满的情绪绝对不是针对欧阳修的荐举状所发。仅仅因为人家的措辞不合己意，就一再翻老账，心胸未免太狭隘了，这不符合王安石的为人。这种负面情绪只能是在日常事务的处理和与同僚们的交往当中，处处感到因循守旧习惯的压迫而逐渐积累起来的，不能过于坐实。

河 北 民

河北民，生近二边长苦辛。
家家养子学耕织，输与官家事夷狄。
今年大旱千里赤，州县仍催给河役。
老小相携来就南，南人丰年自无食。
悲愁白日天地昏，路旁过者无颜色。
汝生不及贞观中，斗粟数钱无兵戎。

河北，指宋代的河北路，大致相当于现在的河北中南部和河南、山东的黄河以北地区。宋朝官僚机构日益臃肿，军队数量庞大。为了维持各项开支的需要，政府不断增加赋税，农民还要负担各种名目的差役和杂徭。而且北宋时期边患严重，辽和西夏时时威胁着边境的安全。真宗景德元年（1004），辽军大举南攻，兵临黄河北岸的澶州（今河南濮阳）城下。北宋虽取得反击的胜利，但与辽订立了“澶渊之盟”，规定北宋每年给契丹银十万两，绢二十万匹；双方开放边境贸易等。宋仁宗时期，西夏不断侵扰宋朝西北边境，宋又与西夏发生战争。长期的交战给双方都带来很大损失，

河北民 诗意图　汪国新 绘

于是在庆历四年（1044），双方订立庆历和议。和议规定宋方每年给西夏银七万二千两，绢十五万三千匹，茶三万斤。辽国又借此乘机要挟，宋只得给辽增加岁币银绢各十万。这些财政支出都要转嫁到人民身上，生活在接近边境的河北路的人民负担尤为沉重，除了遭受赋税掠夺之外，他们还要为备边和治黄承担繁重的劳役。

庆历七年（1047）春，北方、中州地区大旱，“乃自去冬，时雪不降，今春大旱，赤地千里”。在天灾人祸的交攻之下，河北人民流离失所，纷纷南下就食。这时王安石还没到鄞县（今属浙江）赴任，正在汴京等候差遣。他目睹饥民背井离乡的悲惨景象，通过诗歌表达自己对社会现实的反思和对理想世界的向往。

【句解】

河北民，生近二边长苦辛

河北地区的百姓，住近边境，长期过着艰难困苦的生活。“二边”，西、北二边的简称，指靠近辽和西夏两个敌国的边境；这是北宋朝野的习惯说法，有时也作为对两国的直接指称。河北路与辽接邻，但不与西夏交壤，这里“二边”指代边境。

家家养子学耕织，输与官家事夷狄

家家生儿育女，教他们长大了耕田织布。而收获的劳动果实缴纳给皇上，却被拿去侍奉敌人。“官家”，旧时对皇帝的称呼，出自《晋书·石季龙载记上》：“官家难称，吾欲行冒顿之事，卿从我乎？”《资治通鉴·晋纪·成帝咸康三年》引此文，胡三省注云：“称天子为官家，始见于此。西汉谓天子为县官，东汉谓天子为国家，故兼而称之。或曰：五帝官天下，三王家天下，故兼称之。”两宋时此语最为流行。“事”，侍奉、供奉；“夷狄”，对少数民族的鄙称，古称东方部族为夷，北方部族为狄，后常用以泛称除华夏族以外的各族，这里特指辽和西夏。近人钱钟书认为，这里的“事”是“有事于”（防御）的意思，亦通。

今年大旱千里赤，州县仍催给河役

今年大旱，赤地千里，而州县的官吏仍然催逼着老百姓去作河工。“给”，供；“河役”，治理黄河的徭役。每逢灾年，朝廷本来应该免除灾区百姓的赋税徭役，并给与赈济。但现实的情况是，就连修护黄河的工役也没有因为天旱而暂缓。人民的生活可谓雪上加霜。

老小相携来就南，南人丰年自无食

壮劳力都被官府抽调去修理河道，剩下的都是老病妇孺。他们扶老携幼，来到南方求食。然而，河南地区虽然赶上丰年，但要交清历年积欠的赋税钱粮，自己都没吃的，哪里还顾得上这些灾民呢？当时河北人经常渡河到河南逃荒趁食，称为“逐熟”。这里王安石不仅描写了河北民背井离乡、乞讨无着的处境，而且指出了“丰年无食”的深刻社会问题。正如李壁注引东坡表所云：“积欠十年，丰凶皆病，农民固有以丰年为苦者。”即使丰收地区，人民也与歉收地区一样无衣无食。诗人清醒地意识到，这些看似矛盾的现象的根源，都是朝廷对财富无度的掠夺和对民力的榨取。

悲愁白日天地昏，路旁过者无颜色

悲痛和愁苦之气充塞人间，天地为之昏沉阴暗，连太阳也显得黯淡无光。路过的行人受到感染，脸上也露出惨然的表情，没有一丝光彩。“颜色”，面容，面色。以上几句，一层比一层深入地铺叙了河北民的困苦处境和引起这种状况的种种因素。在对事实的陈述中，融进了作者极度关注的感情。虽然是赋笔，但其感人的力量却因为客观描述而更加强烈。此时河北民的极苦深愁都已和盘托出，诗人也感到语极气尽，无以复加了，所以转而渲染气氛。“悲愁”句为正面描写，言边民的悲愁之气犹如阴云惨雾，弥漫太空，是虚笔；“路旁”句为侧面描写，叙行人看到灾民的惨状，也感到惊心怵目，神色沮丧，为实笔。作者通过虚实相间、相辅相成的笔法，强化了悲剧的力量。

汝生不及贞观中，斗粟数钱无兵戎

最后两句卒章见志，表明了作者的个人见解：可惜你们生不逢时，没有赶上唐朝的贞观盛世。那时候没有兵戎战事，一斗米只卖几文钱！据记载，唐太宗贞观四年（630），“天下大治，蛮夷君长，带刀宿卫。天下大稔，米斗三四钱，行旅不赍粮”。唐太宗为此曾高兴地说：“比年丰稔，长安斗粟直三四钱，一喜也；北虏久服，边鄙无虞，二喜也。”当年的“二喜”和现在丰凶无食、强敌临境的状况，形成了鲜明的对照。在古今对比中，作者也表明了自己强国富民的理想。

评解

这是诗人早期诗歌的代表作。他采用逐层深入，对比寄慨的手法，将主观的情感融进客观的叙述中，不着一字而精神顿出。诗人精心选取了一组富有典型意义的材料，剪裁精当。从“事夷狄”、“给河役”，到“南人自无食”，有力地揭示出社会矛盾的根源，言简意赅。他汲取杜甫关心政治、同情民生疾苦的现实主义精神，用诗歌证明了他敢于抨击时政的胆识。诗歌末尾，诗人勾画出一幅理想社会的蓝图，显示出他超人的胸襟。

登飞来峰

飞来山上千寻塔，
闻说鸡鸣见日升。
不畏浮云遮望眼，
自缘身在最高层。

题解

这首诗是王安石三十岁左右时的作品，当时他在鄞县知县任上。飞来峰，又名塔山、怪山、宝林山、龟山，在绍兴城区南门内，与府山、蕺山鼎足而立。《吴越春秋》记载了一个传说，范蠡所筑之城既成，“琅琊东武海中山一夕自来”，即成此山，故名怪山、飞来山。越王句践曾在山上建“怪游台”以仰望天气，大概可称是中国较早的气象天文台。东晋末年，宝林寺沙门昙彦与许询一同造宝林塔，塔未成，许询亡故；后由昙彦与他人建成该塔。唐乾符元年（874）重建，宝林寺改名应天寺，塔随之改为应天塔。诗中描写登塔远望时的开阔视野，字里行间透露出作者不凡的怀抱。

登飞来峰 诗意图　程锡瀛 绘

【句 解】

飞来山上千寻塔，闻说鸡鸣见日升

古代八尺为一寻，“千寻塔”是一种夸张的笔法，极言寺塔之高。诗人说：我登上飞来山上高高的塔，听说每天黎明鸡叫的时候，在这儿可以看见太阳升起。“闻说鸡鸣”句从侧面衬托应天塔之高耸和塔上视野之开阔。雄鸡在天蒙蒙亮时就开始啼叫，此时在平地上是看不到太阳的，等到日出还有相当一段时间；只有在像泰山那样的危峰绝顶上，才有可能鸡鸣时见到日出。传为晋郭璞所著《玄中记》云：“桃都山有大树，曰桃都，枝相去三千里。上有天鸡，日初出照此木，天鸡即鸣，天下鸡皆随之。”古人诗文中多用此典形容山峰险丽，如孟浩然《天台》诗“鸡鸣见日出，常与仙人会”，李白《梦游天姥吟留别》“半壁见海日，空中闻天鸡”，等等。其实飞来山海拔不过几十米，加上塔高，也高不到哪里。所以王安石虽用旧典，而以“闻说”二字虚宕一笔，不言其实而颇具气势。虽是铺垫之笔，亦不可等闲视之。这两句尽管算不上景语中的高唱，而其间的分寸拿捏恰到好处，深得理趣之妙。

不畏浮云遮望眼，自缘身在最高层

自己身在塔的最高层，站得高，自然看得远。眼底的景物可以一览无余，不怕浮云把视线遮住。古人常以“浮云”比喻奸邪小人，如汉陆贾《新语·慎微篇》：“邪臣之蔽贤，犹浮云之障日也。”后人用此典，多写自己忧谗畏嫉的心理，如李白诗“总为浮云能蔽日，长安不见使人愁”。而王安石在此却一扫“浮云”这一意象带来的低迷沉霾之感，反用其意，显示出一个政治家的胸襟和魄力。

评 解

宋叶梦得《石林诗话》云：“王荆公少以意气自许，故诗语惟其所向，不复更为涵蓄。”很恰当地概括出了王安石早期诗作的特点：长于说理，倾向性十分鲜明，字里行间都透露出诗人的理想和抱负，即“直道其胸中事”。他怀着要求变革现实的雄心壮志，希望有一天能施展治国平天下的才能。他早期所写诗句，比如“天下苍生待霖雨，不知龙向此中蟠”、“平治

 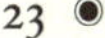

险秽非无力，润泽焦枯是有材”等，毫不掩饰地唱出要为生民立命的豪情。这首诗则着重说明自己高瞻远瞩的人生态度，可看作是其当政时期“人言不足恤”的政治气魄的先声。

葛溪驿

缺月昏昏漏未央，
一灯明灭照秋床。
病身最觉风露早，
归梦不知山水长。
坐感岁时歌慷慨，
起看天地色凄凉。
鸣蝉更乱行人耳，
正抱疏桐叶半黄。

题解

仁宗皇祐二年（1050），王安石鄞县知县任满，回临川省亲，然后取道杭州入京。这首诗便作于从临川至杭州的路上。葛溪驿，在今江西弋阳县南；葛溪是水名，在江西弋阳县西二里，附近有葛玄仙翁冢，因而得名。驿是供来往官员或递送公文者暂住和换马的地方。作者旅途逢秋，抱病怀乡，其辞哀切感人。

葛溪驿 诗意图　赵晨 绘

【句解】

缺月昏昏漏未央，一灯明灭照秋床

长夜漫漫，残月昏黄，漏壶滴水的声音也没完没了。一盏油灯忽明忽暗，照在秋天驿馆的床上。“央”，尽，“未央”即未尽、没有完。“漏”，即漏壶，古代利用滴水多寡来计量时间的一种仪器。壶中插入一根标竿，称为箭；箭下用一只箭舟托着，浮在水面上。水流出或滴入壶中时，箭下沉或上升，借以指示时刻。为了提高水流速度的稳定性，人们逐渐在漏水壶上另加一只或几只壶，形成多级漏壶，水从上层壶中滴到下层，造成声响。漏壶主要功能是在夜间计时，水滴未完，表明长夜未曙。“明灭”，谓忽明忽暗。王维《山中与裴迪秀才书》：“夜登华子冈，辋水沦涟，与月上下，寒山远火，明灭林外。”

每当客舍孤眠，人地生疏，四顾寂寥，行旅之人总会觉得长夜难尽，最容易萌生悲秋思乡的情感。此时唯一的寄托是望着窗外的明月，遥想远在家乡的亲人，聊以遣释愁怀。然而天未必能遂人意。此时挂在天幕上的不是能引发人们千里之思的一轮明月，而是残月一弯，昏黄黯淡。诗人的情怀越加烦闷孤寂，难以排遣。月色既无可观、可玩之处，诗人便希望尽快再次坠入睡乡，以逃避愁苦。然而周围的一切似乎都在和独宿的旅人作对。漏水丁丁，没完没了，诗人心绪在单调节奏的干扰下越加烦乱，无法安静。再加上一灯明灭，跳跃的焰火照在孤零零的客床上，使他更生茕茕孑立、形影相吊之感。

病身最觉风露早，归梦不知山水长

病弱的身体对秋气的侵袭十分敏感，最早觉察到了风露中的寒意。在梦境里，诗人不知此地与故乡山水相隔，路途遥远，仿佛又回到了家乡。首联以景语破题，以黯淡的环境衬托出驿馆孤眠的凄凉境况，诗人的情怀之恶已经呼之欲出了。颔联上承此意，直接叙写抱病行旅的困顿和思乡之情的迫切。但如果从时间线索来看，此联实为插叙，追叙“缺月昏昏”句之前的情状：睡梦中诗人与家人团聚；而病体虚弱，睡眠不深，加上夜寒衾薄，美妙的梦境骤然被凄风冷露打破了。残梦惊回，心情愈加怅惘，对现实中的情境越发挑剔不满，所以才有首联中的嫌月昏、嫌漏长、嫌灯暗。此联补足上文未尽之情。

坐感岁时歌慷慨，起看天地色凄凉

我坐在床上，想到一年时光的流逝，不禁悲从中来，慷慨长歌；又站起身来，放眼四周，天地之间是一片惨淡凄凉。“岁时”，岁月，时间。四周的环境依然是残月昏黄，一灯明灭。然而残更梦回的诗人已经从思乡自怜的情绪中体会到更深一层的悲哀，诗境也随之开阔激昂。

这一年，王安石在离开鄞县的时候曾写诗感叹“行年三十已衰翁，满眼忧伤只自攻”。而此时正值草木摇落，病体逢秋，更容易引起诗人时光流逝、弃我而去的悲哀，那种“恐岁月之不我与”的压迫感也更加怵目棘心。诗人不禁长歌当哭，感慨悲凉。“对酒当歌，人生几何？譬如朝露，去日苦多。慨当以慷，忧思难忘”，曹操《短歌行》可作此句注脚。这种焦虑感亟需一宽心目加以排解，所以诗人站了起来，开门走到外面。但映入眼帘的却是天地间一片苍茫，黯然而凄凉，诗人心情越加郁结了。岁时之感往往和建立功业的紧迫之感相应。日月不居，时不我予，诗人从进士及第到现在，已经作了两任地方官，对人民的困苦、国力的虚耗和制度上的积弊看在眼里，急在心头。而“贱术纵工难自献”，他决意改革、强国富民的志向何时才能实现呢？诗人一时还找不到出路。怀乡忧国，自伤身世，种种情怀，在“坐感岁时”的情境下纠结在一起。

鸣蝉更乱行人耳，正抱疏桐叶半黄

知了躲在疏落半黄的梧桐叶子上，鸣声不断，在行人耳边聒烦着。“行人”，作者自指。诗人挨过漫漫长夜，天亮了，又重新踏上征途。环顾四野，还是没有可以醒心娱目的景色。然而引起他注意的是蝉声聒耳，似乎夏季还没有过完；昨晚的凄风冷露恍如一梦，邈远而不可追寻。但再仔细看一看，知了抱着的桐叶已经半黄，整个树木的枝叶也显得萧疏了——原来诗人的感觉没有错，秋天已经来了。

评解

秋气潜入，病体先知。诗人选择缺月、孤灯、风露、鸣蝉、疏桐等衰残的意象，编织出凄凉的秋景和孤寂的旅况，表现抱病远行、独旅愁苦的处境和心情。清纪昀评此诗，称其“老健深稳，意境自殊不凡。三、四句细腻，后四句神力圆足”。全诗以诗人的深情和敏感为线索，推动文意之转折，造语和结构极尽细密迂回之能事。文势看似平淡妥帖，而波澜频出。用笔有插叙，有因果的倒置，顿挫盘纡，句句留白，而句句补完上文未足之意。

明妃曲二首（其一）

明妃初出汉宫时，泪湿春风鬓脚垂。
低徊顾影无颜色，尚得君王不自持。
归来却怪丹青手，入眼平生几曾有。
意态由来画不成，当时枉杀毛延寿。
一去心知更不归，可怜着尽汉宫衣。
寄声欲问塞南事，只有年年鸿雁飞。
家人万里传消息，好在毡城莫相忆。
君不见咫尺长门闭阿娇，人生失意无南北。

题解

明妃，即王昭君，晋时避司马昭讳，改称明君，后人又称明妃。她是汉南郡秭归（今属湖北）人，名嫱，字昭君，被选入宫中，数年不得召见。汉元帝竟宁元年（前33），匈奴首领呼韩邪单于来汉朝求亲，昭君自请远嫁和番，终老塞外。

明妃曲二首（其一） 诗意图　王赫赫 绘

《明妃曲二首》作于宋仁宗嘉祐四年（1059），曾引起很大轰动。当时著名诗人如梅尧臣、欧阳修、司马光、刘敞、曾巩等都有和作。这是其中第一首。北宋边患频仍，辽夏交侵，朝廷委曲求和，每年输出“岁币”百万。在这种形势下，诗人对王昭君事迹的歌咏折射出他对时事的思考，具有一定现实意义。梅、欧的和诗中就直斥“汉计拙”，借汉言宋，批评宋室屈辱求和的政策。不过，王安石的原唱并没有赋予这个题材过多的政治内涵，而是从人生际遇的角度再现这千古悲剧，探讨一些具有普遍意义的人生哲理。

【句 解】

明妃初出汉宫时，泪湿春风鬓脚垂

去国离乡，一往不返，佳人于此诀别生离之际，面容自然是憔悴而哀怨的。昔日那宜嗔宜笑的美丽面庞被泪水沾湿，秀发蓬乱，鬓角低垂，但她无心修饰容貌。“春风”，“春风面”的省略语，比喻美丽的容貌，语本杜甫《咏怀古迹》之三：“画图省识春风面，环佩空归月夜魂。”昭君的悲剧生涯始于选入汉宫，而“初出汉宫”、和番远嫁则是这出悲剧的高潮。作者直接将镜头切入这一场景，可见其剪裁功力之深厚。

低徊顾影无颜色，尚得君王不自持

她伤心地徘徊着，望着自己的影子自怜自爱，脸色苍白，没有生气。这句承上文，从动作神态上进一步刻画王昭君的憔悴失神。下句将镜头转到观者的身上。汉元帝刘奭看到这伤心憔悴、姿容大不如常的昭君，仍然不禁被她的绝世美貌所打动，竟然抑制不住自己，几乎要失态。这是用烘云托月的手法，侧面衬托昭君之美。《后汉书·南匈奴传》对此场景的记载是：“丰容靓饰，光明汉宫，顾影徘徊，竦动左右。帝见大惊。”王安石揣摩昭君当时心理，敏锐地意识到“靓饰”是礼仪上的要求，但“丰容”却不符合人物的性格和当时的情态。所以他参照南朝江淹《恨赋》中“明妃去时，仰天太息”的情境，着重写昭君眷恋故国的缱绻柔情。昭君“无颜色”之时其美尚且如此动人，那光彩照人时又当如何呢？诗人止笔于此，为读者发挥想象留下余地。

归来却怪丹青手，入眼平生几曾有。意态由来画不成，当时枉杀毛延寿

汉元帝在朝堂上送别昭君远嫁归来，越想越后悔。他责怪画师，说这样

的美人平生从来没有见过，那些进呈给他的宫人画像到底是怎么画的！元帝不曾明白，绝色佳人的美丽不全在于五官位置，骨肉停匀，而更重要的是其内在的气质精神的表露。而这种神情意态，是绘画所难以表达的。在他的震怒之下，毛延寿等宫廷画师白白送了性命。

关于杀画师的记载，见《西京杂记》卷二："元帝后宫既多，不得常见，乃使画工图形，按图召幸之。诸宫人皆赂画工，多者十万，少者亦不减五万。独王嫱不肯，遂不得见。后匈奴入朝求美人为阏氏，于是上案图以昭君行。及去召见，貌为后宫第一，善应对，举止闲雅。帝悔之，而名籍已定，帝重信于外国，故不复更人。乃穷案其事，画工皆弃市，籍其家资皆巨万。"这些画师的代表为毛延寿，"画工有杜陵毛延寿，为人形，丑好老少必得其真"云云。这个故事后世广泛流传。而在这首诗里，诗人虽用其事，却扬弃了贿赂画工的情节。"丹青难写是精神"，是王安石一贯坚持的美学观点。他采用小说家言，不是试图去考证评论史实，其意在于进一步刻画明妃的意态而已；同时又指出了她的失意是不可避免的，这便加重了悲剧的气氛。

一去心知更不归，可怜着尽汉宫衣

正如欧阳修和诗中所说，"上马即知无返日，不须出塞始堪悲"。自离开故国的时候，昭君心中就已经明白此生绝不会再返汉宫。然而她仍然眷眷于汉，不改汉服。上句先打破了一切希冀，从而使下文"着尽汉宫衣"的情节得以不掺杂个人得失利害的因素，而表露为纯粹的爱国爱乡的真挚情感。比较白居易《王昭君》中"汉使却回凭寄语，黄金何日赎蛾眉"之句，就可知两位诗人笔下的两个昭君，其思想境界的高下有云泥之别。

寄声欲问塞南事，只有年年鸿雁飞

想寄个口信询问汉朝的事情，但交通阻隔，无人传递消息，只有每年鸿雁春秋时节往来于二地之间。"塞南"，边塞以南，指汉朝的疆域。

家人万里传消息，好在毡城莫相忆。君不见咫尺长门闭阿娇，人生失意无南北

亲人从远方传来消息："你就安心待在匈奴吧，不必挂念我们。你不要以为远在毡城，就觉得自己很失意。你难道没有看到汉武帝的皇后陈阿娇？她倒是与皇帝近在咫尺了，但失去宠爱，幽闭在长门宫内，也是失意之人，与你又有什么区别呢？可见人生是否失意，不在于地理上的阻隔啊！"这是

诗人设想的昭君家人慰藉她的词句。“毡城”，游牧民族居住的羊毛帐篷所组成的群落，这里指匈奴单于的宫廷。

评解

咏史诗贵在立意。诗人的两首《明妃曲》都是以识度超卓为旨归的。他不愿驻足于事物的表象，而从对前人定论、共识的反思中感悟人生、社会的规律。他用冷静从容的态度、直白刻露的手法、议论迭出的笔调，表达自己对社会人生的严肃思考。

以议论入诗，不仅难在直截透辟，更难在议论与情景有机地交融，表现得含蓄蕴藉。此诗之所以高出众作，就是因为它既给人以哲理的启发，又不损害人物形象的亲切可感。王安石像是一个技术高超的剪辑师，他先撷取了昭君初出汉宫的三个镜头，写昭君之低徊顾影，写元帝之倾倒移情，写元帝之后悔迁怒；层层笔墨，烘托出昭君举世无匹的国色天香，又极度渲染出悲剧的氛围。其后，他没有对昭君数十年紫台朔漠的塞外生活加以形容和描述，而是引虚入实，即小见大，仅从“着尽汉宫衣”这一细节剥离出复杂难言的情感积淀。最后借昭君家人勉强宽慰的口吻，进一步深化了诗歌的主题。

清人方苞说：“此等题各有寄托，借题立论……公此诗言得意不在近君，近君而不为国士之知，犹泥涂也。”近人陈衍则认为，王安石此诗意在写神宗之不识才，君恩之不可恃，“乃荆公自己写照之最显者”，是诗人自伤身世际遇的作品。这些说法也有一定道理。但此诗既写于仁宗年间，则陈衍的说法就失去了根据。除了这些细节之外，方、陈等论者没有考虑到，诗人的思考固然是以自身的经历为基础的，但除此之外还有一个升华的层面。即如本诗，诗人力求从普遍意义上对人生道路加以探索，对命运加以反思，从而概括出一些普遍的社会现象，表达出一种深刻的人生见解。就像黄庭坚所说的，“辞意深尽无遗恨矣”，这才是《明妃曲》感人至深的关键所在。

明妃曲二首（其二）

明妃初嫁与胡儿，毡车百辆皆胡姬。
含情欲语独无处，传与琵琶心自知。
黄金捍拨春风手，弹看飞鸿劝胡酒。
汉宫侍女暗垂泪，沙上行人却回首。
汉恩自浅胡自深，人生乐在相知心。
可怜青冢已芜没，尚有哀弦留至今。

题解

这是《明妃曲二首》的第二首，亦作于宋仁宗嘉祐四年（1059）。与前一首相比，本诗着重表现昭君在胡地的生活，继续探讨通过她的人生际遇所呈现出的普遍性人生哲理。

明妃曲二首（其二） 诗意图　王赫赫 绘

【句解】

明妃初嫁与胡儿，毡车百辆皆胡姬

明妃刚刚嫁给呼韩邪单于的时候，匈奴派一队毛毡装饰的车子来迎娶，车中坐的都是胡族的侍女。《诗经 · 召南 · 鹊巢》中有"之子于归，百两御之"的诗句，写的是诸侯迎娶的情景。说"毡车百辆"，可见匈奴是以阏氏即王后的礼仪来安排婚事的。迎娶礼仪的隆重，为后文的"胡恩自深"张本。"胡儿"，汉人对西北少数民族的一种轻蔑叫法，这里指呼韩邪单于。

含情欲语独无处，传与琵琶心自知

侍从虽众，但言语不通，昭君的满腔的心事又向谁去诉说呢？她只有弹起琵琶，传达郁结的情感——但这也只有自己才能够理解。

黄金捍拨春风手，弹看飞鸿劝胡酒

"情语既不通，岂止九回肠？"更可悲的是，昭君演奏琵琶并不是单纯地排解心中的愁绪，却还要为他人佐欢侑酒。她一边弹着琵琶劝单于饮酒，一边眼望飞鸿，心向塞南。作者通过这样一个细节，巧妙地刻画了昭君的矛盾和痛苦。"捍拨"，在古代的琵琶面板的拨弦位置上镶嵌的一块条形装饰板；唐宋以前琵琶用拨子划弦演奏，捍拨对面板起一定保护作用，"黄金捍拨"就是用黄金装饰的捍拨。"春风"则用以形容昭君弹奏琵琶技巧娴熟，富有感染力。"捍拨"和"春风手"两个静态意象叠加起来，形成了一幅动感的画面。

汉宫侍女暗垂泪，沙上行人却回首

诗人没有直接形容琵琶哀怨的曲调，却从听者的反应来衬托弦音的哀伤凄婉：汉宫中陪嫁的侍女，闻声无不偷偷垂泪。沙漠中的行路之人见惯风霜，久经离别；然而但琵琶哀苦的音调，仍逗起他们的故园之思，使得他们忍不住回头叹息。

汉恩自浅胡自深，人生乐在相知心。可怜青冢已芜没，尚有哀弦留至今

昭君在汉宫中受到谄毁和冷落，深闭于宫禁之内，没有机会受到君王的眷顾和宠幸，还被作为礼物送到大漠荒原。由此而言，汉廷之恩可谓浅矣。而匈奴以毡车百辆相迎，礼制隆重；又受到专房之宠，陪侍单于身边——说起来，倒是胡人对她的恩遇较深。"胡自深"，一作"胡恩深"。人生之

乐不就在于受到赏识吗？此句依照事实和常情，阐述昭君应该反悲为喜的道理。朱自清将这两句归于沙上行人之口。其实这两句和上文可能并没有什么关系，而是诗人凭空设语，用应该快乐的常理衬托昭君不忘故国、哀伤至死的思乡爱国之情，从而转入下一层意思：使人怜悯的是，埋葬昭君的青冢已经荒芜难觅了，而她当年所奏出的那幽怨的琵琶曲调还流传到今天——可见她对故国的思念是不以贵贱而易心的。

评解

此诗最后四句借用了古文的句法，思维跳跃，结构复杂。其中的曲折和跳宕往往出人意表，对比和映衬等关系也很难整理清楚，从而影响了人们对诗意的理解。而且由于“汉恩自浅胡自深”的说法，涉及华夷之辨和君臣之义的问题，王安石为此而受到很多责难、批评。南宋初年，范冲对宋高宗论及此诗，就结合两宋之际投靠虏庭的民族败类的行径，批评王安石无君无父：“今之背君父之恩投拜而为盗贼者，皆合于安石之意，此所谓坏天下人心术……以胡虏有恩而遂忘君父，非禽兽而何！”在范冲看来，王安石这首诗歌简直就是在宣传卖国贼的人生哲学。

但中国古代诗论中向有“诗无达诂”的说法。后人为了给王安石辩诬，对这首诗最后四句从语法角度做出了种种解释。比如清人蔡上翔历经二十七年著成《王荆公年谱考略》，通过谨慎细密的考证为王安石辩诬。朱自清吸收蔡氏见解，认为“汉恩自浅胡恩深，人生乐在相知心”两句，是沙上行人听出琵琶声中蕴含的哀苦后对王昭君的安慰之语。而宋史专家邓广铭则认为，首先“‘胡恩深’和‘相知心’乃是截然不同的两码事，不容混同”；再者，“句中的两个‘自’字都作为‘尽管’二字使用的，如把这两句都译为现代语散文并加以疏解，那就是：尽管汉朝所给予的恩惠浅而胡人所给予的恩惠深，那却不是问题的本质所在；不但饮食衣服不与华同，而言语不达，衷情难通，恩深也难心心相印；而最本质的问题却是‘人生乐在相知心’啊！”意思是昭君和胡人是不可能相知心的。另外还有人说，“汉恩自浅胡自深”用了互文的修辞手法，意思是汉也好，胡也好，他们对我的恩情深也好浅也好，这些都不是我所在意的；我在意的，只是两人彼此能相知相爱。认为不管是胡是汉，都和王昭君是不知心的。上面几种说法都能自圆其说，可以作为参考。

示长安君

少年离别意非轻，
老去相逢亦怆情。
草草杯盘供笑语，
昏昏灯火话平生。
自怜湖海三年隔，
又作尘沙万里行。
欲问后期何日是，
寄书应见雁南征。

题解

长安君，即长安县君，是王安石的妹妹王文淑的封号。县君是古代妇人封号，晋已有此称。宋代庶子、少卿监、司业、郎中、京府少尹、赤县令等官之妻皆封县君。王文淑是王安石的长妹，仁宗天圣三年（1025）生，小王安石四岁。宝元元年（1038）嫁张奎。张奎之仕履难以确考，由王安石的诗中可知他曾官剑州。张奎卒于熙宁八年（1075），官终比部郎中。宋魏泰《临汉隐居诗话》称王文淑能诗，“近世妇人多能诗，往往有臻古人者。王

示长安君 诗意图　张明石 绘

荆公家最众。张奎妻长安县君，荆公之妹也，佳句最为多”。王安石在墓志中也夸奖她“工诗善书，强记博闻，明辨敏达，有过人者”。可惜的是，王文淑的诗歌没有流传下来。从《临川集》中《次韵张氏女弟咏雪》、《和文淑》、《和文淑湓浦见寄》等诗可知，王安石经常与她唱和。

仁宗嘉祐五年（1060），时任三司使度支判官的王安石奉命送契丹使者归国。他和妹妹王文淑在开封刚刚相聚，又要分离，临行前写了这首诗赠给她。因为是兄长写给妹妹，所以云“示”。

【句 解】

少年离别意非轻，老去相逢亦怆情

年轻的时候，每当离别就感到难分难舍。王文淑于仁宗宝元元年（1038）嫁张奎，时年十四。当时张奎之父张若谷为江宁知府，王安石之父王益为通判。宝元二年王益去世时，王文淑已随夫家至开封，此即所谓“少年离别”。现在年纪大了，即使和你相见，也不免有些伤感。大凡少年之人，分别之际纵然依依难舍，但毕竟年轻，总觉得来日方长，相见有期；情怀虽恶，而终究可以自持。而经过多年的宦海沉浮，才知道身在宦途，行止多不由己，亲友的聚合很难尽如人愿。尤其是现在，大家都上了些年纪，日后必定聚少离多。“相见时难别亦难”，这种短暂的相聚更让人难以为情，倍觉伤感。

草草杯盘供笑语，昏昏灯火话平生

我们一边吃着简单的酒菜，一边谈笑。在昏黄的灯光下，相互倾诉着分别以来各自的经历。“草草”，草率苟简的意思；“杯盘”，代指酒菜。“草草杯盘”就是仓促之间随便准备的酒菜。

自怜湖海三年隔，又作尘沙万里行

可怜我们远隔江湖，阔别了三年；现在好不容易见面了，我却马上要冒着风沙远行万里，和你分手。嘉祐二年，王安石以太常博士出知常州，五月出京。同舟而行的有他的母亲、四弟安国、七弟安上、妹婿沈季长。路上妹婿张奎、朱明之和王文淑、嫁给朱氏的另一个妹妹也曾与王安石相会。王安石对那次聚会念念不忘，《次韵酬朱昌叔五首》其二云：“前日杯盘共江渚，一欢相属非人谋。”认为这聚会机会是天赐，非人力所能谋及。从那时算起，到嘉祐五年正好三年。“尘沙万里行”，指奉命送辽使归国。

欲问后期何日是，寄书应见雁南征

要问我哪天是我们后会的日子，就等我寄信回来再商定吧。想来那已经是秋雁南飞的时节了。

评解

这首七律不用典故，不事藻饰，遣辞造语都很平实朴素。妥贴工稳，却又毫无拘滞之感，写得情韵相生，语浅情深。

起语从少年和人至中年时的心境变化着笔，既写出了兄妹之间深厚的感情，又寄托了沉重的人生感慨。全诗就此笼罩在伤感的氛围中。颔联通过对家常琐细的描写，营造出温暖的家庭氛围。据载，王文淑生性朴素，“衣不求华，食不厌蔬”。“草草杯盘”和“昏昏灯火”，恰合其性格。除了说明亲人之间的随便和亲切，还写出了一种与世界的隔绝感；仿佛一切外事都与他们无关，只剩下兄妹二人席间的谈笑风生和灯下的促膝谈心，细诉家常。另外，“草草”、“昏昏”也上承“相逢亦怆情”句，暗示相聚的匆忙和短暂，为下文的“尘沙万里行”埋下伏笔。颈联和尾联追述既往，感叹将来，都是“话平生”的内容。结语期待下次相会，言短意长，耐人寻味。一般来说，律诗中用叠字对仗多为赘语，且显板滞。但此诗颔联中的两处叠字“草草”、“昏昏”却是点睛之笔。它们不仅恰当传神地营造了气氛，蕴涵了深挚真情，而且挽合上下文，在全篇结构的构架上起了很大作用，从而成为流传千古的佳句。宋人吴可《藏海诗话》云：“七言律一篇之中必有剩语，一句之中必有剩字。如‘草草杯盘供笑语，昏昏灯火话平生’，如此句无剩字。”这是很有见地的说法。

题西太一宫壁（其一）

柳叶鸣蜩绿暗，
荷花落日红酣。
三十六陂春水，
白头想见江南。

西太一宫为宋仁宗天圣时期所建，是专门祭祀太一尊神的庙宇，故址在今河南开封西八角镇。王安石于仁宗景祐三年（1036）随其父王益到汴京，曾经游览过西太一宫。那时他还是十六岁的青年，满怀壮志豪情。熙宁元年(1068)，王安石应刚即位的宋神宗之召，赴京任翰林学士，有机会重游此地。这时距他初游西太一宫之时已经过去三十二年，他已是四十八岁的人了。诗人触景生情，写下两首六言题壁诗，这是其中第一首。

题西太一宫壁（其一）诗意图　张纯桂 绘

【句 解】

柳叶鸣蜩绿暗，荷花落日红酣

柳叶上知了在鸣叫着，显得树木枝叶更加繁茂浓绿。在落日的映照下，荷花显得越加红艳了，仿佛喝醉了酒，脸上泛起红晕。“蜩”，蝉、知了，《诗 · 豳风 · 七月》：“四月秀 ，五月鸣蜩。”这两句一作“草色浮云漠漠，树阴落日潭潭”，都是写春末夏初的景色，但稍显逊色，不如本句有声有色。宫观中的柳树枝条茂盛，知了躲在叶子里嘶叫，不见其形，只闻其声。“绿暗”的视觉感受在听觉形象的映衬下更加强化，越发显出柳荫之密，柳色之浓。“红”而曰“酣”，把荷花拟人化，令人联想到美人喝醉了酒；由于“落日”的斜照，更显得红颜似醉。诗人笔触细腻，看到柳叶，听到鸣蜩，显然柳树为近处之物；而荷花能与天边的落日融为一色，可知距此稍远。柳高荷低，高处一片“绿暗”，低处一片“红酣”。寥寥十二个字，便为读者展示了一幅层次分明、色彩鲜明的画卷，绚丽夺目，境界之美不似人间。这两句意境开阔，为下文引起悠然怀乡之思做了铺垫。

三十六陂春水，白头想见江南

那三十六陂的春水啊，使我在鬓发已白的垂暮之年，又仿佛看到了江南的景色。“陂”，池塘。根据史料，北宋时期汴京附近有名叫“三十六陂”的蓄水塘。《续资治通鉴长编》卷二九七记载，宋神宗元丰二年（1079）三月，“引古索河为源，注房家、黄家、孟家三陂及三十六陂，高仰处潴水为塘，以备洛水不足，则决以入河”。苏轼《奉敕祭西太一和韩川韵四首》中有“陂水初含晓渌，稻花半作秋香”的诗句，也可知西太一宫附近是有池塘的。而江南扬州附近也有三十六陂，故诗云“想见江南”，谓由此处风光可以想见江南水乡的景色。由于第二句中提到荷花，所以这里顺势补写水。但诗人写的不仅是眼中的水，更主要的还是回忆中的江南。

评 解

同题的第二首诗云：“三十年前此地，父兄持我东西。今日重来白首，欲寻陈迹都迷。”两诗合参，可知色彩绚丽斑斓和词意优美深婉的形式下面，隐藏着诗人强烈的今昔之感。初游时是父兄提携，而三十年间，父亲王益、兄

长王安仁都相继亡故。当日头角峥嵘的少年，重游时已经白发斑斑，即将步入老年。人事无常，景色也与当年迥异。惟有记忆中江南水乡醉人的美景没有变，又恰恰印合了眼前的景象；由真入幻，触景生情，语意简明而含蓄。

六言诗始见于东汉末年孔融、曹丕之作，至宋朝颇为流行。由于为偶字句，六言诗中难以容纳过多的虚字和动词。且六言诗每句多为三个双音节词组合在一起，节奏不如七言多变，容易写得板滞，难写难工，对作者的艺术概括能力要求更高。王安石这首诗写得清丽空灵，言浅意深，非常难得，受到世人的一致推崇。欧阳修、苏轼、黄庭坚均有和韵之作，黄庭坚甚至一和再和。据宋蔡絛《西清诗话》记载："元祐间，东坡奉祠西太一宫，见公旧题两绝，注目久之，曰：'此老野狐精也。'夕遂次其韵。"苏轼认为此诗非凡人所能道，王安石简直就是个"野狐精"。虽然语带戏谑，但足见对王安石的倾倒折服。晚清陈衍在《宋诗精华录》中也称"绝代销魂，荆公诗当以此二首压卷"。

夜直

金炉香尽漏声残，
剪剪轻风阵阵寒。
春色恼人眠不得，
月移花影上栏杆。

夜直，犹现在所云值夜班。此诗作于王安石熙宁元年（1068）四月初任翰林学士时。翰林学士作为皇帝最亲近的顾问兼秘书官，经常值宿禁中，承命撰草；还可议论批驳朝政，出谋划策，分割宰相议政之权，故有“内相”之称，身份清要而显贵。这首诗中所写的“夜直”，是诗人初次以侍从近臣的身份参与机要，所以他十分兴奋，难以入眠。诗中描写宫禁之中春意已深而余寒犹在的清丽幽邈的夜色，欣喜之情溢于言表。

夜直 诗意图　董明洋 绘

【句 解】

金炉香尽漏声残，剪剪轻风阵阵寒

铜炉里的香已经烧尽，滴漏的声音也快完了。轻风拂来，仍然带有一阵阵的寒意。“金炉”，铜香炉，金在这里是金属的统称；“漏”，即漏壶，主要功能是在夜间计时，漏者将尽，表明天快亮了。“剪剪”，风吹拂或寒气侵袭的样子，唐代韩偓《夜深》诗中有“恻恻轻寒剪剪风”的句子，此句或由韩诗化来。香尽漏残，是天色将曙未曙时的景色。诗人关注炉中香烬、漏水滴残等细节，说明他对时间的流逝十分留意，也十分清醒，决不是五更梦回的懵懂之态，暗点出他一夜未曾合眼。下句是作者由于失眠，开门来到室外的感受。虽然已经是四月中旬的暮春天气，但是由于时值黎明，加上作者刚刚从香气氤氲的屋中走出来，所以他敏锐地感受到了微风中仍然夹杂着丝丝的寒意。前人诗意与眼前晨风轻拂、晓寒微侵的禁中清景融为一片，作者也从中领略到了春的气息和欣悦。

春色恼人眠不得，月移花影上栏杆

春色撩人，害得我睡不着觉。由于明月在天穹中渐渐西移，随着月华的流转，花木的影子也转移到了栏杆上面。“春色恼人”一句脱化自晚唐诗人罗隐的《春日叶秀才曲江》，其诗如下：“江花江草暖相限，也向江边把酒杯。春色恼人遮不得，别愁如疟避还来。安排贱迹无良策，裨补明时望重才。一曲吴歌齐拍手，十年尘眼未曾开。”原诗写罗隐十年落拓，寒窘失意；当春色袭来，带给诗人的不是新鲜的快意，而是难以遮挡的烦扰。但诗句一经王安石点化，那个“恼”字就由无法逃避的困扰，变成了有意无意的挑逗撩拨，诗的格调也变得轻松明快起来。“月移花影”句借用了唐诗中“月移花影上禅床”（温庭筠）、“月移花影横幽砌”（姚合）等诗句。诗人终于等到了千载难逢的君臣际会，将一展宏图，裨补明时，又怎么睡得着呢？“眠不得”的根本原因，是诗人自己的心情难以沉静下来，他却把失眠的缘由“归罪”于无处不在的浩浩春色，归罪于明月和花影。

评 解

宋代沿袭唐代制度，设翰林学士院，选有文学才能的朝官充任翰林学士，入直内廷，供皇帝随时宣召撰拟文字。翰林学士负责起草的文书属于任免将相、册立太子、宣布征伐或大赦等军国大事的重要诏制。另外，翰林学士还负有侍从皇帝出巡、充任顾问的职责，实为皇帝的顾问兼秘书官。尤其在宋代，任职翰林学士者需要特定的资格，且有利于日后的升迁，身份清要显贵。正如《文献通考 · 职官考》所云："其为翰林学士者，职始显贵，可以比肩台长，举武政路矣！"王安石中进士之后做了几任地方官，对于革除积弊、变法强国有很多见解，现在终于有了实现抱负的机会，兴奋之情溢于诗外。

全诗寓情于景，从香尽漏残到月移花影，作者用时光的流逝映衬出自己的彻夜不眠和禁中的祥和宁静。此诗语言清新流丽，格调明快轻扬，清幽的景色描写中，透露出几分轻快兴奋的心情。也许由于这首诗写得太轻快欢畅了，所以被后人周紫芝、沈彦述等误解为艳情诗。他们觉得若真是如此，就有损于王安石的形象，甚至还猜测是其弟王安国的诗作羼入集中。其实如果结合诗题，在当时的情境下设身处地想象王安石的感受，不难理解诗中流露出的欣喜得意之情。他改革积弊的志向蕴蓄已久，曾向仁宗皇帝上《万言书》建言，却未被采纳。宋神宗甫即位，即召他为翰林学士，他终于获得了施展抱负的机会。机遇来得如此突然，无限往事、无限感慨一齐涌上心头，诗人又怎么会睡得着，又怎么能不兴奋、不飘飘然呢？

元 日

爆竹声中一岁除，
春风送暖入屠苏。
千门万户曈曈日，
总把新桃换旧符。

这是王安石在新年伊始时的感怀之作，大约作于熙宁三年（1070）居相位主持变法之后。元日，即旧历正月初一。此诗以欣喜的心情，描绘了佳节去旧迎新、喜气洋洋的景象，同时也透露出诗人对实行新法踌躇满志、志在必得的心态。他认为国家正处在革除积弊、万象更新的时期，对国家的前途命运怀着美好的憧憬。

元日 诗意图　高向阳 绘

【句 解】

爆竹声中一岁除，春风送暖入屠苏

一片爆竹声送走了旧的一年，饮着醇美的屠苏酒，就已经感受到了春天温暖和畅的气息。

诗中提到了两种当时盛行的节庆风俗。新年元旦之际燃放爆竹，是一项延续至今的古老风俗。爆竹亦称"爆仗"、"炮仗"，起源很早。爆竹在古代是一种驱瘟逐邪的音响工具，据《荆楚岁时记》和《神异经》记载，古时候人们途经深山，露宿野外，晚上要点篝火，一为煮食取暖，二为防止野兽侵袭。相传西方山中有一种动物山臊，高一丈多，一只脚，生性不惧怕人。人要是见了它就会发冷发热，生起病来。为了对付它们，人们就想出在火中燃烧竹子的办法，用竹筒遇热爆裂的声音使其远遁。所以古代风俗，在正月一日人们要鸡鸣而起，先于庭前烧爆竹，以避山臊恶鬼，驱逐瘟邪。虽然唐朝开始就有人用火药裹纸制造新型鞭炮，但在宋代，传统爆竹的燃放在民间还很流行。"食残豆粥扫罢尘，截筒五尺煨以薪。节间汗流火力透，健仆取将乃疾走。儿童却立避其锋，当阶击地雷霆吼。"南宋诗人范成大的这首《爆竹行》，形象地描绘了使用竹筒爆响时紧张热烈的气氛。

饮屠苏酒也和驱逐瘟邪有关。"屠苏酒"，据说由唐代名医孙思邈首创，屠苏是他的斋名。其配方为大黄、白术、桂枝、防风、花椒、乌头、附子等药，在除夕入酒浸制，悬于井中，元日取出，自少至长东面而饮；药酒的渣滓，也用绛囊盛起来，挂于门桁之上，以辟瘟疫。这种酒益气温阳，祛风散寒，具有辟除疫疠之邪的功效。在宋代，饮屠苏酒是过年必不可少的习俗。饮屠苏酒的方法也很别致。一般场合饮酒，总是从年长者饮起。但是饮屠苏酒却正好相反，是从年少的小儿开始，年纪较长的在后，合家欢聚，逐人而饮。为什么会有这种习俗呢？晋人董勋解释，这是因为"少者得岁，故贺之；老者失岁，故罚之"。这种风俗在宋朝十分盛行，除本诗外，苏轼《除夜野宿常州城外》也说："但把穷愁博长健，不辞最后饮屠苏。"

千门万户曈曈日，总把新桃换旧符

初升的太阳逐渐变得明亮，照在百姓人家那千千万万的门户之上，光芒四射。人们也争相将门上的旧桃符取下，换上新的。"曈曈"，日初出渐明的样子，王安石的另一首诗《余寒》中有"曈曈扶桑日，出有万里光"的句

子。挂桃符之说最早见于东汉。东汉应劭《风俗通》中引《黄帝书》说，上古时候，有神荼、郁垒两兄弟，他们住在度朔山上。山上有一棵大桃树，树阴如盖。每天早上，他们便在这树下检点百鬼。如果发现有恶鬼为害人间，便绑了喂老虎。后来民间就用桃木刻上他们兄弟的像，挂在门两边以驱鬼避邪。

评解

此诗写得通俗平易，但又不失精到。爆竹送旧，春风送暖，新桃换旧符，虽然写的是民俗，但诗人却通过这一表象体会出人们对新法的拥护，证明新法是得人心的；同时也借辞旧迎新的常见现象，表达了新生事物必将代替旧事物的哲理感悟。此诗语意双关，表达了诗人对新法的评价。他主持的改革虽然失败，但他除弊革新的勇气和精神却得到后人的敬仰。

泊船瓜洲

京口瓜洲一水间，
钟山只隔数重山。
春风又绿江南岸，
明月何时照我还？

题解

神宗熙宁七年（1074）四月，由于久旱不雨，保守派趁机攻击新法。在各方面的压力下，王安石被迫从相位上引退，出判江宁府。其后一年间政局发生了很大变化。熙宁八年二月，王安石复为同中书门下平章事，再任宰相之职。这首诗即写于此次奉诏回京之时。诗人乘船经过瓜洲，夜晚停船休息时写下此诗。诗中既透露了复相的喜悦心情，又隐隐有前途难测的疑虑，表达了诗人希望早日功成身退、闲居山林的心愿。瓜洲，在扬州以南的长江北岸，与京口（镇江）隔江相望，是大运河邗沟段汇入长江的地方，历来为南北漕运交通的枢纽。

泊船瓜洲 诗意图　张俊国 绘

【句 解】

京口瓜洲一水间，钟山只隔数重山

对岸的京口和这里的瓜洲，不过相间了一条江水；而京口同钟山，也就隔着几重山峦。“京口”，即今江苏镇江，位于长江南岸；其城凭山临水，地当江南运河入长江之口，和北岸的瓜洲隔江相对。“钟山”，又名北山、紫金山，三国吴孙权曾改名蒋山，在今江苏南京的东郊。宋仁宗景祐四年（1037），王安石的父亲王益通判江宁府，两年后卒于任内，从此王安石一家定居江宁。王安石一直是将这里看作第二故乡的。

诗歌的开头便以非常轻松的笔调回望来途，方才渡江时迅急的速度给诗人带来的愉悦还没有退去。虽然离家乡愈来愈远，但他心中却没有山长水远、道路险阻的感觉。瓜洲和京口之间那古称天堑的长江，不也就是一苇可航的盈盈一水吗？相对于宽阔的长江而言，从京口到钟山之间那几重低矮的山峦，又算得了什么呢？“只隔”二字极言钟山之近。这两句直把来途作归途，细数行程，只觉其近在咫尺，字里行间都反映了诗人对钟山的依恋之深。古人诗中也有将一段路途分为数段者，但多是表现长途漫漫的感觉。如“何处是归程，长亭更短亭”，驿路上的供人休息的长亭每隔几里便是一个，似乎没有穷尽，更望不到终点。王安石却反其意而用之，回乡时的行程仿佛是一个接力赛跑，京口成了从瓜洲到钟山之间的接力站。既然两段路程都很近，那么总的路程还会远吗？

春风又绿江南岸，明月何时照我还

春风又一度吹绿了江南的原野，明月什么时候才照着我归来？古代有济世之志的士人大多有一种功成身退的情结，所谓“事了拂衣去，深藏身与名”。做出一番大事业后不居功自傲，而应该归老山林，在山水清音中享受洒脱自由的隐居生活。正如唐代诗人李商隐所说，“永忆江湖归白发，欲回天地入扁舟”，这是立志之初就已经安排下的归宿，也是诗人心灵的皈依之所；既是世事烦难时的安慰剂，也是炙手可热时的清凉散。

早在熙宁三年的冬天，王安石第一次拜相的时候，“官僚造门奔贺者，相属于路”。而他心中念念不忘的，却是“霜筠雪竹钟山寺，投老归欤寄此生”（见魏泰《临汉隐居诗话》）。熙宁五年新法推行顺利，他的事业达到顶峰，又写诗寄托“江湖秋梦橹声中”（《壬子偶题》）的出世情怀。

此时王安石赴京拜相的行程未半，却早已惦念着归时。“春风又绿江南岸”句，第一层意思是点此时乃早春二月，是万物回苏的时节。一个“绿”字，将和煦的春风转化为触目可及的视觉形象，且富有动感。此句的第二层意思，则是寄托了诗人对此行实现自己的政治抱负的期望。古时多以春风时雨比喻自上而下的泽惠。这里一方面以春风比喻神宗对自己的信任和恩泽，表示知遇感激之情；一方面又以春风比新法，喻其可以扫退政治寒流，对国计民生起到“润泽焦枯”的作用。此句最后一层深意，则与思归的主题相关，典出淮南小山《招隐士》“王孙游兮不归，春草生兮萋萋”。唐王维诗云“芳草年年绿，王孙归不归”。这一句融化前人诗意，暗透出“投老归欤寄此生”的心愿，也很自然地引出结句“明月何时照我还”。世人也许误会王安石此次复出是贪恋权势繁华，而他表示，他已的心迹唯有明月可鉴。诗人仿佛在说，苍穹上的皎洁孤高的明月最能理解我此时此地的心情，也一定会作出照我归来的承诺。

评解

此诗妙处在于结构与炼字，写得景美情深。首先作者善于蓄势。前三句无一语不道思归，但都没有明确说出，只是一层层地进行铺垫。直到文势积蓄充分，才放出“明月何时照我还”的结句，点明主题。笔力卓绝，而能出之以闲散自然。再者，“文字频改，功夫自出”，作者善于通过炼字提领全篇之精神。据宋洪迈《容斋续笔》记载，此诗“吴中士人家藏其草，初云‘又到江南岸’，圈去‘到’字，注曰‘不好’，改为‘过’；复圈去而改为‘入’；旋改为‘满’。凡如是十许字，始定为‘绿’”。这个“绿”字写出了春风泽惠万物的造化之功，也写出了千里江岸百草始生的欣欣之意。唐人已有“春风已绿瀛洲草”、“春风何时至，已绿湖上山”的佳句，王安石加以点化，更觉大气自然，含蓄微妙。

书湖阴先生壁（其一）

茅檐长扫静无苔，
花木成畦手自栽。
一水护田将绿绕，
两山排闼送青来。

这首诗作于熙宁九年（1076）罢相之后退居江宁时期。本题共两首，题写在杨德逢家墙壁上，此为第一首。湖阴先生，即杨骥，字德逢，王安石晚年的好友，是一位躬耕田园的隐士，王安石居住在钟山时的邻居，两人经常往来。王安石在《元丰行示德逢》诗里有这样的诗句："湖阴先生坐草室，看踏沟车望秋实……先生在野固不穷，击壤至老歌元丰。"对其品行深为赞赏。这首诗借写杨氏居处景致，赞其高情雅趣。

书湖阴先生壁（其一） 诗意图 程锡瀛 绘

【句解】

茅檐长扫静无苔，花木成畦手自栽

由于经常打扫，茅草苫盖的屋檐下面干干净净，庭院里没有一点青苔。一畦畦的花草树木，都是主人亲手栽种的。“长”是常常、经常的意思；“静”，一作“净”，两者意思相通。这两句赞扬湖阴先生家庭院清幽。此时正值暮春初夏之际，江南地湿，又逢梅雨季节，最适宜性喜阴湿的苔藓生长。诗人仅用“无苔”二字，便表现出庭院的清净和主人性情的雅洁，可谓别具手眼，举重若轻。下句写主人亲手栽种花木，并整整齐齐地分好畦界，不仅活画出植物的丰美，而且更直接地体现了杨德逢热爱生活、雅好修洁的性情。

一水护田将绿绕，两山排闼送青来

一条弯弯小溪围绕着碧绿的田野，似乎是在守护田地；两座山峰好像要直闯进门，为主人送来青翠的山色。“护田”，语出《汉书·西域传序》：“自敦煌西至盐泽，往往起亭，而轮台渠犁，皆有田卒数百人，置使者校尉领护。”颜师古注曰：“统领保护营田之事。”“排”，推开，挤开；“闼”，本意是内门或小门，后来就泛指门。庭院中的环境是那样清幽而且富有生活情趣，所以诗人也受到感染。当他将视线转移到院外的山水时，就像孩童那样处处感到欣喜，不自觉地将绿水青山都看成有生命的事物，用拟人化的修辞写出了水的感情，写出了山的性格。一弯溪水护绕着绿油油的农田，不正像主人手植花木那样，源于心底对生命和自然的热爱吗？山本来是静止不动的，诗人却偏偏不去作静态描写，而是写这青翠欲滴的山色离人是那样的近，它们简直要推门而入，直扑进院子中来。“排闼”二字，更能引起读书人的联想。《汉书·樊哙传》记载，“高帝尝病，恶见人，卧禁中，诏户者无得入群臣……哙乃排闼直入”。院外两座青山，不就象樊哙那样气势不凡，不请自来吗？青山和主人就像老朋友，完全不受世俗礼法的约束，可见湖阴先生是怎样一个热爱自然、亲近自然的人。

评解

作者要赞美主人的雅人深致，却无一语道及其人其事，只是着力描写

庭院内外的环境和景色，即衬托出主人的高洁。诗人将自然景物和生活情趣融合得浑然无迹，神完气足，体现出高超的艺术技巧。尤其三、四两句，在修辞技巧上堪称范例。除了拟人化的手法，这两句在用事和对仗上也颇见用心之苦，是王安石的得意之作。宋叶梦得《石林诗话》称：“荆公诗用法甚严，尤精于对偶。尝云：‘用汉人语，止可以用汉人语对；若参以异代语，便不相类。’如此句‘护田’、‘排闼’之类，皆汉人语也。此惟公用之，不觉拘窘卑凡。”王安石认为，对偶不仅要求字面上的对仗，而且如果用旧典或成词，两事、两词的出处也应该讲究，最好一一对应。“护田”和“排闼”的典故都出自《汉书》，是严格的“史”对“史”、“汉人语”对“汉人语”。诗律极为工细精严，读来却妥帖自然。知音者自能悠然会心，体会到诗人的深意，从字面的理解又翻入一层，仿佛其中别有一番天地；而不知者，只知诗人运用了拟人手法，也不妨碍其对诗意的理解。用事而不使人觉，正是此诗成功之处。

江 上

江北秋阴一半开，
晚云含雨却低回。
青山缭绕疑无路，
忽见千帆隐映来。

这首诗写于王安石晚年闲居江宁之时。诗写江上秋景，题目取首句前两字，属于即事的无题诗。

江上 诗意图　于守义 绘

【句解】

江北秋阴一半开，晚云含雨却低回

长江北岸的阴云已经散去一半，秋空逐渐开朗起来。但在长江南岸的这里，含着雨意的暮云依然在低处徘徊。“秋阴”，秋天阴沉的天色；“低回”，徘徊、流连。多山多水的地方本来就气候易变，尤其是在宽阔的长江上，东边日出西边雨的情形是很常见的。但是已经到了秋天，天气还是那么阴晴莫定，就有点出乎诗人的预料了。他在南岸北望，刚才对岸上空阴沉的浓云就要散开，似乎有了由阴转晴的趋势。但那雨云还在这里徘徊不定，让人难以预料是要下雨呢，还是要转晴？阴——半晴——浓阴，反映的不仅是天气变化，而且也是人的情绪的变化。在低回的雨云之下，有一个低回的诗人在。如此写法，可谓景中寓情。

青山缭绕疑无路，忽见千帆隐映来

江流曲折，青山缭绕两岸，相互遮掩，仿佛纠结在一起，使人怀疑没有了去路。而忽然间，只见无数船帆时隐时现地从远方驶来。“缭绕”，曲折围绕的意思；“隐映”，即掩映，谓或遮或露，时隐时现。晚云捎雨，阴晴不定。诗人仰观天气，遥望江景，纵目遣心。天色近晚，加上天气阴沉，能见度很低。平日非常清晰的江面和两岸的青山，此时都变得模糊起来；视线所及之处一片迷茫，让诗人对江面宽阔的常识产生了怀疑，有了阻碍无路的感觉。但是长江的滚滚东流是任何青山所不能阻挡的，江上繁忙的航运也不会被这短暂的阴云所耽搁。“忽见千帆隐映来”打破了诗人的怅惘，视野变得豁然畅通；这也从侧面反映出此时低回的晚云已逐渐散去，天色放晴了。

评解

王安石晚年辞官闲居于江宁府城东门与钟山之间的“半山园”，饱览山光水色，写了不少精致淡雅的山水绝句。此诗就是他在秋江帆影中获得精神启悟而作，写景开阔宏大而意境却空明幽淡。头两句写天，后两句写地。在写阴晴莫定的天气变化时，又顺手把地点（江北）、季节（秋）和时辰（晚）都交代了。全诗的线索是光影的变化，江面、青山和千帆都随着阴云的聚散而或隐或显。诗人对光色体察甚细：青山缭绕，远处的千帆时显时隐，和平日的景象大不相同，对应的是天气的半晴半阴对江面能见度的影响。

此诗的深层意义是不屈从阴暗，而要驱散阴暗。驱散阴暗，便能开启千帆竞渡的新境界。这就是诗人借山光水色的变化所体验到的某种人生哲学，或政治哲学。此诗反映了诗人积极的人生态度，以富有辩证性的思理取胜。南宋诗人陆游《游山西村》中的名句“山重水复疑无路，柳暗花明又一村”，可能就是受到这首诗的启发而写出的。

钟山即事

涧水无声绕竹流，
竹西花草弄春柔。
茅檐相对坐终日，
一鸟不鸣山更幽。

这也是诗人晚年退居江宁时期的作品，写景而寓理趣。即事，意思是将眼前的事物作为诗篇的题目，“即事兴情，因而成赋”。

钟山即事 诗意图　董明洋 绘

【句 解】

涧水无声绕竹流，竹西花草弄春柔

这两句诗用白描的手法为读者描绘了一幅静谧恬淡的画面：山涧中淌下来的涓涓清泉，悄无声息地绕着竹林流过；竹林西面的花儿草儿在涧水的滋养下，越发显得生意盎然，在春光中摆弄着柔嫩的枝条和花朵，妩媚多姿。

茅檐相对坐终日，一鸟不鸣山更幽

这两句则渐入有我之境，转而描写作者当时的状态和感受：我在茅屋的房檐之下安静地坐着，面对这样的山中美景，不知不觉就过去了一天的时间；连一只鸟儿也没有鸣叫，山中显得更加深邃幽静。最后一句是反用南朝诗人王籍《入若耶溪》诗中的名句“鸟鸣山更幽”。

评 解

这首诗围绕一个“静”字铺叙开来，从眼中之景到景中之人，描写的是一个幽寂无声的世界。然而这静寂并非死气沉沉，其中有春意的萌动。诗人很自然地用动态的笔触来衬托这种无声的静谧，比如“绕”字、“流”、“弄”字，炼字精准而不留斧凿痕迹。诗人的观察视角也是流转自然的。第一联仿佛一幅徐徐展开的风景画手卷，整个环境笼罩在安详和谐的氛围中。第二联则更多地体现了王安石峭刻生新的诗风。

最后一句直接脱化于南朝诗人王籍的名句“蝉噪林逾静，鸟鸣山更幽”。王籍诗是于动中见静，用“蝉噪”、“鸟鸣”来衬托和突出山林的幽静，确实是“文外独绝”之笔。王安石偏要反其意而用之，立意翻新，从而引起了广泛的争议。很多人认为，“一鸟不鸣山更幽”是弄巧成拙。黄庭坚就直接批评王安石这样写是“点金成铁”。宋人曾季狸《艇斋诗话》说：“鸟不鸣即山自幽矣，何必言更幽乎？此所以不如南朝之诗为工也。”明人王世贞《艺苑卮言》也说：“一鸟不鸣山更幽，有何趣味？宋人可笑，大概如此。”清代顾嗣立更是斥“一鸟不鸣山更幽”为“直是死句”（《寒厅诗话》）。综合这些反对的说法，其主要论点首先是关于逻辑的，王籍诗意本来就是反鸟不鸣则山幽的常识，是一个否定；王安石此句是对否定的否定，又回到了原点，名为翻新，实则钻进了早已存在的腐旧套路当中。其次是关于诗味和诗趣的，传统诗境以韵胜，讲究情景交融，蕴藉空灵；此诗的前半段深得其妙，而最后一句则显得生硬尖新，不及前文的丰韵自然。

但是王安石显然不是不懂诗的笨伯，事实上，“鸟鸣山更幽”就是在他的揄扬下名声鹊起的。他曾经说过：“前辈诗云‘风定花犹落’，静中见动意；‘鸟鸣山更幽’，动中见静意。”对诗意的理解和领悟可谓细致入微。他之所以故翻旧意作新诗，除了因为好胜求奇的性格外，也确实意在将此意象融入整首诗的具体情境中，使古人为自己服务。

近人傅庚生《百家唐宋诗新话》说：“评论一句诗必须考虑到全诗的意境。此诗写于荆公罢相隐居江宁钟山时，他虽然退出了政治舞台，但其内心则未全平静，过去的成败利钝，当今朝政得失，尚时时萦绕于怀。”所以他在享受悠闲的山林生活时，不免带着几分不甘与刻意。他刻意忘掉自己要治国安天下的雄心壮志，刻意追求生活的优游闲散，刻意去体会万籁无声俱寂的世界。他的内心并非真正静如止水，而是执着的。体现在此诗中，就表现刻意要将“无声”之境表现到极致。这种执着，从前半段超乎寻常的细致观察和精细的字句锤炼中就已经初露端倪，到了第三句，就逐渐表露出来。茅檐下的终日枯坐掩盖了他的内心矛盾，就连诗人自己似乎也被自我欺骗了：我这一天都想了些什么？噢，原来是“一鸟不鸣山更幽”啊。看似钻牛角尖的想法，正是诗人退居心态的间接反映，表现出他内心的岑寂和百无聊赖。王籍与王安石的诗，字面、语意明显相互矛盾，但就其各自所相对的具体语境而言，都是成立的，没有必要去强分孰优孰劣。

悟真院

野水纵横漱屋除，
午窗残梦鸟相呼。
春风日日吹香草，
山北山南路欲无。

题解

悟真院，又名悟真庵，在钟山之东，八功德水的南边。悟真庵始建于南朝，《续建康志》有相关记载，在宋时也是著名佛教胜地。八功德水是发源于钟山南麓的一脉溪流，据宋仁宗天圣年间梅挚所作《八功德水记》记载，梁天监中有胡僧昙隐在这里修行，但苦于无处取水。此时出现一个庞眉老者，自称山龙，对他说“知师渴饮，措之无难”。俄而地涌一泉，其水莹彻甘滑，有积年疾者饮之皆愈。后有西域僧来到这里，说此水与西域已经干涸的八池之一味道相同，似乎是“竭彼盈此”，转移到了这里。依照佛教说法，水有八个特点，“一清、二冷、三香、四柔、五甘、六 、七不噎、八蠲疴”，所以取名八功德水。

悟真院 诗意图 张纯桂 绘

王安石晚年退居钟山，悟真院环境幽静，是他常去游览的地方。他还作有《同熊伯通自定林过悟真》诗，有句云“暗香一阵连风起，知有蔷薇涧底花”，和本诗一样，生动地刻画了这一带的自然风光。

【句 解】

野水纵横漱屋除，午窗残梦鸟相呼

野水纵横交错，冲刷着房屋的台阶。我在寺院中午睡将醒，残梦中仿佛听见窗外的鸟儿在相互呼唤。“野水”，郊外的流水；“除”，宫殿的台阶，也泛指一般房屋的台阶。首句写悟真院的地理环境，除了寺院后面有著名的八功德水之外，附近还有许多纵横交错的溪涧，与杜甫诗“舍南舍北皆春水”的境界相仿佛。“漱”在这里是水流冲刷冲荡的意思。野水仿佛是在冲击啮咬着屋阶，这样写很有动感，灵动而活泼。悟真院浸润在纵横交错的野水之中，殿阁临流，意境明净，多姿多态。这也使人想起古人所推崇的枕石漱流的隐逸生活，所以下句转入诗人倦游后临窗午睡的情景。似梦似醒中，诗人对所有声响都很敏感。但一切又似乎那么遥远、模糊，难以把意识从残梦中拉回来。

春风日日吹香草，山北山南路欲无

春风天天吹拂着芬芳的野草，山南山北的小路都快被这些野草淹没了。由于悟真院的环境是那么清幽，所以诗人一枕小睡，梦境里犹是满山的盎然春色；梦魂悠远轻扬，仿佛沾染了芳草的清香。“山北山南路欲无”有两层意思，一是春深草长，是当时节令景物的实写，托于梦境，似幻实真。一是山径芜没，梦里不知归路，所以诗人贪恋这氤氲迷离的境界；任它野水漱除，鸟儿相呼，也难以唤回残梦。

评 解

王安石一直喜好禅宗，他曾写《记梦》绝句：“月入千江体不分，道人非复世间人。钟山南北安禅地，香火他日供两身。”以诗的形式表达对禅学的见解。在这首诗中，淙淙的山水冲激着阶除，不知这水源于何处，流向何方；也不知它起于何时，何时枯竭，就这样无休止地流着，给人以既古老又清新的感受。诗人沉浸在神秘而又清纯的大自然中，万虑皆消，酣然睡去。“鸟相呼”三字写得真幻相间，是梦中有鸟叫，还是鸟叫醒了梦？妙在全不说破，点到即止。春风和暖，芳草萋萋，这是诗人来时所经之路，还是梦中之幻景？是真是梦，都不必去刻意分别。诗人不仅不想去找前行的路，甚至还忘掉了来时的路。这是何等浑化无迹、心物相合的境界！宋赵与时《宾退录》卷二引张舜民语，评论王安石晚年诗“如空中之音，相中之色，欲有寻绎，不可得矣”，这首诗便是明证。

半山春晚即事

春风取花去，酬我以清阴。
翳翳陂路静，交交园屋深。
床敷每小息，杖屦或幽寻。
惟有北山鸟，经过遗好音。

半山园是王安石罢相后在江宁城外营建的隐居之所。从江宁府东门到半山园有七里的路程，从半山园到钟山也是七里。恰好处在城市到钟山之间一半的路程，所以王安石便为它起了这样一个名字。这里原是东晋名相谢安（字安石）的住所谢公墩。王安石曾风趣地写下争墩诗："我名公字偶相同，我屋公墩在眼中。公去我来墩属我，不应墩姓尚随公。"（《谢公墩二首》）

半山园是简陋的，据同时代人魏泰《东轩笔录》记载："所居之地，四无人家，其宅仅蔽风雨，又不设垣墙，望之如逆旅之舍。"这首诗描写山居幽静的生活，表现了王安石退隐生活的一个侧面。

半山春晚即事 诗意图　李也青 绘

【句解】

春风取花去，酬我以清阴

春风将花朵带走了，然后送还我满树的绿荫。首联破题，点明春晚夏初的季节变化。寥寥十字，描绘出一幅绿肥红瘦的景象。全诗开头便以拟人的手法与春风相酬答，一扫前人伤春惜花的怅惋哀愁之态，代之以对春去夏来季节转换顺其自然、欣欣自喜的人生态度。“酬”，抵偿、赔偿的意思。春风取花而去，而以清阴作为对诗人的补偿。“取”和“酬”两个拟人化动词尤其用得精彩，使起句显得突兀而不同流俗。宋末元初方回在《瀛奎律髓》中评此诗：“半山诗工密圆妥，不事奇险，唯此‘春风取花去’之联乃出奇也，余皆淡静有味。”

翳翳陂路静，交交园屋深

白塘岸边的小路，在浓密树荫的遮蔽下显得非常清静；半山园中的屋舍也由于树木交错掩映，望去很是幽深。“翳翳”，草木茂密成荫的样子；“陂路”，湖岸、塘堤。“交交”，犹交加，错杂貌。春风如此慷慨地馈赠美景，诗人又怎能辜负这番厚意而不去玩赏呢？这两句承上题，从诗人出游的角度继续演绎“清阴”二字。“翳翳”、“交交”分别描写深绿浓厚的树荫和枝叶交错、茂密繁盛的树木，使人想起了另一位宋代诗人石介的名句“生香不断树交花”。静谧幽深中，蕴含着勃勃生机。

床敷每小息，杖屦或幽寻

我经常扶着手杖去寻幽探胜，累了便躺在床上歇息一会儿。这两句撷取诗人生活中的两个经常性的行为，刻画出半山园主人的气度和风神。“每”和“或”都是时常、屡次的意思。或卧或行，一切随缘，不刻意追求什么，表现了诗人恬淡宁静又能欣然自乐的心境。“床敷”，床铺，陆游《午睡》诗：“如何得一室，床敷暖如春。”“杖屦”，意为手杖与鞋子。古礼，五十岁老人可扶杖。又古人入室必脱鞋于户外，为尊敬长辈，长者可先入室，后脱鞋。杖和屦都是老人出行所需之物，引申为老者拄杖漫步。如杜甫《祠南夕望》诗：“兴来犹杖屦，目断更云沙。”辛弃疾《水调歌头·盟鸥》词：“先生杖屦无事，一日走千回。”与本诗用法相同。

惟有北山鸟，经过遗好音

四望无人，只有从钟山飞来的鸟儿经过，给我送来悦耳的声音。“北山”，为钟山的别称。由于半山园地处荒僻，“所居之地，四无人家”，所以诗人在游赏之余不免略觉岑寂。而知趣的小鸟在不经意地飞过时，好像看出了他的孤独，用好听的鸣叫声来为他排解寂寞。“遗”，给予、馈赠的意思，也是拟人写法，和开头的“取”、“酬”二字呼应。

评解

诗人晚年退隐半山园，寄情山水，喜欢探幽寻胜，访友谈禅，写下了大量吟咏幽景闲情的诗文。《东轩笔录》中记载他“平日乘一驴，从数僮，游诸寺；欲进城，则乘小舫，泛湖沟以行，盖未尝乘马与肩舆”。可见他完全脱略了一朝宰执应有的排场，而是以一个布衣隐逸之人的身份和心境去体会生活。他与春风和鸟儿做朋友，寻觅自然的乐趣。

此诗动静结合。首联写春末夏初物色的变迁，起笔突兀，造语新颖，出人意外。清代袁枚《春风》诗起句也道“春风如贵客，一到便繁华”，构思相近，但境界有别。全篇生动传神地描绘出晚春清幽之景及诗人宁静闲适的山居生活，其中亦寄托了对随缘任运的人生境界的追求。但是对王安石这样一位执着的政治家来说，许多事情是想放下而实际上放不下的，故末两句隐隐透出一丝岑寂和寂寞之感。近人高步瀛《唐宋诗举要》评曰：“寓感愤于冲夷之中，令人不觉，全由笔妙。”

北 山

北山输绿涨横陂，
直堑回塘滟滟时。
细数落花因坐久，
缓寻芳草得归迟。

北山，即钟山的别称。南朝时，因钟山在建康都城之东北，故又称为北山。此诗题目取首句前两字，属于即事的无题诗。名为“北山”，其实所写之景仍属半山园的范围。

北山 诗意图 王赫赫 绘

【句 解】

北山输绿涨横陂，直堑回塘滟滟时

北山把碧绿的泉水输送给了山塘，塘水涨满了塘岸的陂堤。不管是笔直的沟渠里，还是边岸曲折的水塘里，到处是一片滟滟的波光。“输”，输送之意；“绿”，代指水；“横陂”，长堤。“堑”，沟壕；“滟滟”，水盈溢欲满、水光浮动的样子。此句概括眼前之景，春波涨绿，回塘水满，一派暮春景象。

细数落花因坐久，缓寻芳草得归迟

我一心仔细点数着落花，不知不觉便坐了很久。回来时又太喜爱那茵茵的芳草，所以慢慢地沿着布满芳草的路径走走停停，很晚才回到家。“寻”，随着，循着，与“寻声”一词中的“寻”用法差不多。诗句动中见静，通过“细数落花”这一意象，可以体味出清幽宁谧、闲适自在的格调。或许是太闲适了，或许是诗人心底总有惜春的情结，他坐在那里看见树上的残花纷然落下，就不禁一二三四地数了起来。他是那样投入，竟然忘了时间。诗人的闲情雅兴与赤子心怀跃然纸上，一片纯真，自然可爱。虽然起身打算回去的时候已经不早，但在路上诗人还是一点都不匆忙。他不是去找回家的路径，而是看到哪里的芳草长得茂盛，就到哪里去走；绕了大远不说，还故意缓缓地走，一路玩赏芳草，回家不晚才怪呢。他领略着野草的欣欣生意，先前的一丝惜春之感也被冲淡了。

评 解

此诗后二句对得很工整，读起来却很自然，向来为人称道。“细数”、“缓寻”既烘托了萧散旷逸、从容不迫的神态，又暗含一种百般无聊的闲愁和惆怅。有人称这两句诗的妙处是“言随意遣，浑然天成”。也有评论家认为，这两句诗达到了“物我两忘，闲适自得之至”的境界。

但这两句的遣语造句都是有所本的，有前人的影子在里面。王安石在这里化用了王维“兴阑啼鸟缓，坐久落花多”（《从岐王过杨氏别业应教》），以及刘长卿“芳草独寻人去后，寒林空见日斜时”（《长沙过贾谊宅》）的句意，却青出于蓝而胜于蓝，颇得后人赏誉。宋吴可《藏海诗话》称：“‘细数落花'，'缓寻芳草'，其语轻清；'因坐久'、'得归迟'，则其语典重。以轻清配典重，所以不堕唐末人句法中。盖唐末人轻佻耳。"胡舜陟《三山老人语录》将这两句与欧阳修的诗句"静爱竹时来野寺，独寻春偶过溪桥"相比较，认为"二公皆状闲适，荆公之句为工"。

王安石虽然经常化用前人诗句语汇，但他并不总是搬弄学问。他也常常通过细腻的观察，捕捉生动的意象，以平易的语言表现自己内心的情绪、感受。他一般不把经过仔细揣摩、推敲的典故、语词用得很显眼，而是把这种精巧的语言同全诗自然流动的意脉融合成一体。看似不经意，实则用心极深。正如叶梦得《石林诗话》所说，看上去只"见舒闲容与之态"，但"字字细考之，若经檃括权衡者，其用意亦深刻矣"。

午 枕

午枕花前簟欲流，
日催红影上帘钩。
窥人鸟唤悠扬梦，
隔水山供宛转愁。

这首诗写午睡醒来时一刹那的感触，写出一种惘然若失的情怀，笔触圆转流美，意境清丽含蓄。

午枕 诗意图 王赫赫 绘

【句解】

午枕花前簟欲流，日催红影上帘钩

我躺在纹路莹洁如水的竹席上午睡，窗外是扶疏的花木。日头渐低，将花儿的影子映在帘钩之上。“簟”，竹席；“帘钩”，卷帘所用的钩子。“簟欲流”暗含簟纹如水的比喻，说它纹理如水波一般起伏，莹洁光滑，仿佛就要流动起来。比喻精准，又出之以动态的描写，所展示的形象就更为生动，更为优美。“花”指窗外之花。因为天气已经和暖，午睡时打开窗槅，挂起窗帘，把枕头安放在窗下的小榻上，位置正好就在花前。第一句描写午睡的具体环境，又为下文的展开作了铺垫。第二句写睡了很久，梦醒时太阳偏西，已经照到了窗前。从前句“午枕花前”四字看，花木大约与窗户平齐。正午太阳当空的时候，花木的影子是落不到帘钩上的，只有傍晚太阳很低的时候才会这样。“催”字带有强烈的主观感情色彩，传达了诗人的惊异之情。他完全没有想到一觉竟然睡了那么长时间。同时，这又表明他睡得很香很甜。这两句从视觉方面着笔，既刻画了环境的优美和午睡的安惬，又暗中交代了季节是在夏天和时间的转移。

窥人鸟唤悠扬梦，隔水山供宛转愁

在窗前窥看着我的小鸟鸣叫起来，唤回我清远悠扬的午梦。蓦然间看到只隔着盈盈一水的山峦，不禁清愁宛转，怅然若失。“悠扬”，意谓飘忽无定。诗人虽未点明梦中具体之事，但可见其虚无缥缈，变幻流转。梦魂愈行愈远，好不容易才被鸟声唤回。诗人虽然醒来，但还没有完全清醒，只是目光在不经意间停留在“隔水山”上。他一下子意识到，他所迷恋的那些梦中之事已经烟云般消散，不可追寻了。半山园相距钟山不过七里路程，钟山仿佛和诗人朝夕面对，相看不厌，就像老朋友那样熟悉。另外，山有静止不动之义，它的巍然存在，与梦魂的飘扬迷离形成鲜明对比。因此，山自有一种独特的力量，在一瞬间就使诗人回到了现实，感受到了梦境和现实的巨大落差。

评解

这首诗语言优美，意韵深远，可谓精深华妙之作。尤其是三、四两句，在艺术表现上很值得注意。首先是在声调上，诗人用了两个连绵词“悠扬”、“宛转”，一为双声，一为叠韵，因声见情，恰到好处地传达出他缠绵纠结的内心感触。其次是节奏上，窥人鸟/唤/悠扬梦，隔水山/供/宛转愁，是三一三的句式。这种句式不同于一般的七言诗句节奏，虽非和谐顺妥，却别有一种顿挫生疏之美，从声情中写出了诗人怅惘追恋梦境、与现实隔阂抵触的心理。最后是炼字。以“窥人”、“隔水”这样的动宾结构作定语，且被修饰的成分都是一个字，无论从结构还是语意上，都给人一种生新之感；而悠扬之梦、宛转之愁，则组合得细腻妥帖，两两形成对比，从不谐和中取得平衡。还有，本是写自己主观的梦与愁，却从客观之物落笔，用两个动词“唤”和“供”写出梦之悠扬和愁之自至。虽然是写心中的盘郁难解的隐痛，却出之以一种飘忽清远的情致。

梅花

墙角数枝梅，
凌寒独自开。
遥知不是雪，
为有暗香来。

据宋人惠洪《冷斋夜话》，此诗的创作缘起是“荆公尝访一高士，不遇，题其壁”。这则记载的可靠性如何，难以判断。但从整首诗的诗意看，显然没有拘泥于访人不遇的主题，所以读者也不必费力考索其编年和本事。诗人从梅花的色和香两个方面着笔，将梅与雪融成一片，突出了梅花在百卉俱凋的季节凌寒独放的傲然品格。

梅花 诗意图　甘雨辰 绘

【句 解】

墙角数枝梅，凌寒独自开

墙角下有几枝梅花，冒着严寒独自开放。“凌”，迎着、冒着的意思。

遥知不是雪，为有暗香来

雪是白色的，梅花也是白色的。离得那么远，为什么我能分辨出那是梅花，而不是树上落的积雪呢？是因为有幽然的香气暗中袭来啊。

评 解

全诗短短五言四句，其实组成了一个结构复杂的因果倒装句。“暗香来”是因，从而得出“遥知不是雪”，而是墙角梅花在凌寒开放的结论。因为梅不畏严寒，凌霜冒雪，所以自古诗人咏梅，都很自然地联系到雪。如梁简文帝萧纲《雪里觅梅花》“绝讶梅花晚，争来雪里窥”，何逊《咏早梅》“衔霜当路发，映雪拟寒开”，诸如此类，不胜枚举。这些诗大多从节令着眼，梅与雪之间的联系纽带是寒冷的季节，雪在诗中只是一个陪客，衬托梅花的耐寒。而一些细心的诗人以梅、雪入诗，则注意从品格和形色上捕捉二者的相同之处。他们体认到梅与雪的相同之处是都洁白无瑕，纤尘不染，而不同之处是白雪缺少了梅花暗香浮动、香远益清的韵致。正如宋朝诗人卢梅坡所云，“梅须逊雪三分白，雪却输梅一段香”。二美相并，如何做到相得益彰呢？在这首诗中，诗人没有以雪喻梅，或以香比雪，在形色气味上过多纠缠。他只是整理出从遥观到顿悟这一霎那间的思维过程，寥寥数语，就写出了白梅自甘寂寞，不怕严寒，不争奇斗艳，却清香远播的品质。

这首诗的写法是有所本的。南朝苏子卿有《梅花落》诗：“庭中一树梅，寒多未觉开。只言花似雪，不悟有香来。”王安石的灵感就来源于此。但他虽用前人的诗句，却能别开生面，推陈出新，熔铸出自己的意境。原作还停留在色与味的比较上，形象和意境都没有跳出梅花本身，不过就梅花而咏梅花，故意装糊涂，把花看成是雪，即使是幽香飘来还没有领悟——作者不是写自己多么迟钝，只是想把“花似雪”这个比喻雕琢得更加新巧罢了。新巧固然新巧，但痕迹过于明显。清代贺裳《载酒园诗话》对这两首作品进行了比较：“（介甫）虽用其语，却全反其意，亦自可嘉。然细味之，则古人之意婉，介甫之气直。大抵介甫一生，不徒事事立异，性亦不耐含蓄。”清代潘德舆《养一斋诗话》卷五则云：“王荆公‘遥知不是雪，为有暗香来’，亲切而有稚气。”王安石抛弃了比喻的修辞手法，脱略形迹，仿佛是以非常自然的笔触向读者娓娓讲述自己发现梅花开放的惊喜。他只用零星的笔墨，即能层层展开意境，几笔实写，提起无限虚景，将梅之精神表达得淋漓尽致。

韩 子

纷纷易尽百年身，
举世何人识道真。
力去陈言夸末俗，
可怜无补费精神。

韩子，即唐代著名的文学家、思想家韩愈。这首咏古诗批评韩愈专意于文字章句上的创新，并没有真正把握儒家的“道”，因而他的努力也是徒劳无益的。

韩愈在中国文化史上占有重要地位，苏轼在《潮州韩文公庙碑》一文中赞扬他“文起八代之衰，而道济天下之溺”。在宋代，韩愈的文章受到极大重视，享有很高的声名。但在如何看待他处理文与道的关系这个问题上，人们褒贬不一。朱熹就说韩愈“平生用力深处，终不离文字言语之工”，并指出王安石作这首诗的本意就是批评韩愈“第一义是学文字，第二义方究道理”。

韩子 诗意图　汪国新 绘

【句 解】

纷纷易尽百年身，举世何人识道真

人生不满百年，倏忽而尽，终归于尘土。然而芸芸众生意识不到人生历程的短暂，徒然地追逐一些身外的功利和声名，没有人认识到道德真谛，从而去追求真正的不朽。这两句对现实的情况作概括和总结，通过反问句式，强调举世之人皆是如此，就连好学师古、自称“非圣人之志不敢存”的韩愈也不能例外。由此引起下两句对韩愈专心致力于文学创作的不满。

力去陈言夸末俗，可怜无补费精神

“惟陈言之务去”，是韩愈谈文章写作的一个著名论点。他认为不管是思想还是文字，都要“必出于己，不袭蹈前人一言一句”。只有摒除前人的陈言腐句，才能慢慢地自有所得。这是一种很有革新精神的创作观点。但是在王安石看来，韩愈这种主张有以雕虫小技夸耀于流俗世人的嫌疑。特别是如果将毕生的精力倾注于此，就难免妨碍了立志修身的涵养功夫和对儒家思想的学习和探索。这种实践于道德和学术方面的建树是没有裨益的，只是枉抛心力，仅以词人自处罢了。更有讽刺意味的是，王安石信手拈来韩愈的一句诗，“可怜无益费精神”（《赠崔立之评事》），只改动了其中一个字，便还施其人之身。言外之意是，尽管我袭用了你的“陈言”，毫不费力，又何妨于表达的顺畅呢？如此，则进一步证明韩愈的所有努力只是枉费精神而已。

评 解

儒学是中国古代占主流地位的思想学术流派。至北宋年间，儒学占据政治、学术思想的统治地位已有千年，受到官方尊崇。王安石以儒者自居，他的“新学”就是对正统儒学的发展，也是以儒家思想为指归的。他对一些历史人物的评价，也是从“效真儒”、“学圣人”的立场展开的。本诗就是其中的代表之作。

王安石对儒家道义持论甚严，以此衡量古人，也少有许可。他的好友曾巩曾戏称：“介甫非前人尽，独黄帝、孔子未见非耳。”认为除了黄帝、孔子之外，他把其他人都否定了。很多人也因他讥评韩愈过苛而打抱不平。陈师道就认为，王安石“平生文体数变，暮年诗益工，用意益苦”，在文学创作上同样善于翻新，语不惊人死不休，耗费了一生的心力；这首诗不过是夫子自道而已，讥讽别人，却无意中说到自己头上。

这首诗的论调或许不足为法，但从中可以窥见王安石耿介执拗的性格。而从艺术上看，这首诗更是以议论为诗的成功代表。短短二十八字，完全摒弃了华丽的辞藻和情景的铺叙，纯是以气运笔，从大处着眼。设辞宛转尽意，语意淋漓痛快。虽然是批驳说理之作，所用也只是常用的习语和古人的陈言，但文势跌宕起伏，大有一唱三叹的韵致，给读者留下了回味涵泳的余地。

读 史

自古功名亦苦辛，
行藏终欲付何人？
当时黮闇犹承误，
末俗纷纭更乱真。
糟粕所传非粹美，
丹青难写是精神。
区区岂尽高贤意，
独守千秋纸上尘。

题解

元丰八年（1085）三月，宋神宗逝世，其子年仅十岁的哲宗即位。神宗的母亲高太后以太皇太后的身份主持政事，起用保守派官员，尽废新法。第二年，即元祐元年二月，朝廷下诏修《神宗实录》，四月，王安石就在忧愤中去世了。《神宗实录》是在保守派的主持下修订的，对王安石多有诋毁，“公之受秽且蔓延于千万世，尤莫甚于此书”（清蔡上翔语）。王安石生前大概就对这些身后是非有所预感，于是引发了对史籍记载往往失实的思考。这首读史感怀的七律，就是在这种心态下写成的。

读史诗意图　汪国新 绘

【句 解】

自古功名亦苦辛，行藏终欲付何人

从古至今，凡是要建功立业、干一番大事业的人，都要历尽艰辛苦难。但他们一生的行事，又能交付给谁去记录评说呢？“行”，出仕；“藏”，退隐。语本《论语·述而》：“用之则行，舍之则藏。”“行藏”在这里代指一生的经历本末，

当时黮闇犹承误，末俗纷纭更乱真

生前已经受到误解，世人以讹传讹，是非不明。到了后世更是众说纷纭，混淆了真相。“黮闇”，原意是黑暗、没有光线，引申为蒙昧。“末俗”，世俗之人，指平庸愚昧的世人。这一联从理解隔膜的角度论信史之难。曲高和寡，众口难调，王安石的切身感受最为痛切，所以在诗文中反复致意。比如《寄题郢州白雪楼》：“《折杨》《黄华》笑者多，《阳春白雪》和者少。知音四海无几人，况乃区区郢中小。千载相传始欲慕，一时独唱谁能晓。古心以此分冥冥，俚耳至今徒扰扰。”

富有怀疑精神和注重理性思辨，是宋儒治学的基本理念。王安石此论虽是有感而发，但从中也可以看出他的史学思想和严谨的态度。他对欧阳修作《五代史》贬斥冯道很不以为然，因此论及修撰史书的难点：“作史难，须博学多闻，又须识足以断其真伪是非乃可。盖事在目前，是非尚不定，而况名迹去古人已远，旋策度之，焉能一一当其实哉！”读者仔细涵泳体会这段话，对这首诗意的理解很有帮助。

糟粕所传非粹美，丹青难写是精神

史籍记载下来的，大都是糟粕而不是精华；这就如同画像一样，最难表达的是人的精神啊。“糟粕”，酒滓，比喻事物之粗劣无用者；“粹美”，精纯美好的东西。“丹青”，中国画中常用的两种颜色，后作为绘画的代称。正如《庄子·天道》中所说，“古之人与其不可传者死矣，然则君之所读者，古人之糟粕已夫”，或是《韩诗外传》卷五所云，“此真先圣王之糟粕耳，非美者也”。真正美好的东西是无法流传下来的。这两句从史笔实录的客观可能性这个角度，论证史书的局限性。

区区岂尽高贤意，独守千秋纸上尘

这些微末琐碎的记载怎么能够充分表述、阐释高尚贤良的古人的本意

呢？但是作为今世之人，想去了解历代高贤深微精妙的思想却别无途径，也只得抱着这些尘封千年的故纸堆研读。唐人诗云：“向来奇特几张纸，千古风流一窟尘。”千秋而下，事往时迁。当日之是非犹纷纭乱真，何况如今单靠这些尘封零落的粗疏记载，又如何去披沙拣金，追寻真相？功业风流归于尘土，古今同慨。而事实沉湮不可得见，读者追求真理的艰辛和困惑，又有谁能理解呢？

评解

关于史籍的难于凭信和信史之难为，古人早有感慨。比如韩愈就说：“且传闻不同，善恶随人所见。甚者附党憎爱不同，巧造语言，凿空构立善恶事迹，于今何所承受取信，而可草草作传记，令传万世乎？”（《答刘秀才论史书》）而通过短短五十六字，用清晰严密的逻辑和唱叹有致的感慨，说尽这个道理，则是王安石的擅场。更难得的是，他并不是为议论而议论，故唱高调。这也是他历尽挫折、回顾人生而升华出的理性思考。“经事方知史之不足信，经事方知史之难为言”，宋人李壁对此诗的评价可谓知言。

桂枝香

登临送目。正故国晚秋，天气初肃。
千里澄江似练，翠峰如簇。
归帆去棹残阳里，背西风、酒旗斜矗。
彩舟云淡，星河鹭起，画图难足。

念往昔、繁华竞逐。
叹门外楼头，悲恨相续。
千古凭高对此，谩嗟荣辱。
六朝旧事随流水，但寒烟、芳草凝绿。
至今商女，时时犹唱，后庭遗曲。

题解

这是一首登临怀古词，在南宋黄昇《花庵词选》中题作“金陵怀古”。金陵是著名古都，背负了太多的历史感慨。唐宋时期，“金陵怀古”是诗人、词人们抒发思古之幽情的经典主题。这首词大概创作于宋英宗治平四年（1067）王安石第一次知江宁府时期。此词意境开阔，识度高远，是王安石词的代表作。

桂枝香 词意图　孙文铎 绘

【句解】

登临送目。正故国晚秋，天气初肃

我登山临水，举目远眺。古老的都城正是晚秋时节，天气开始显得萧索肃杀。古人说“非历览无以寄杼轴之怀，非高远无以开沉郁之绪”。登高望远，睹物兴情，是古代文人追求历史兴亡之感的惯用方式。王安石也不例外。同时，“登临送目”也为本词拓出高远的视点与视野，进而展示了寥廓旷远的晚秋景象。作者只点出“晚”和“肃”两个字，便已令人感觉到一股萧瑟苍凉之意。“故国”这个词，显然是在强调金陵为六朝故都。在上阕丹青渲染的晚秋江景中，已经隐约透露出涵合古今的意图，为下阕集中笔墨抒发思古幽情作了铺垫。

千里澄江似练，翠峰如簇。归帆去棹残阳里，背西风、酒旗斜矗。彩舟云淡，星河鹭起，画图难足

千里长江悠悠澄静，就像一匹素白的丝绢。四周青翠的山峰丛集，层峦叠嶂，好像拥挤到了一起。夕阳下船帆穿梭，来往争流；西风里酒旗斜挂，猎猎飘荡。遥望水天一色，结彩的游船时隐时现，仿佛漂浮在云端。长江就像天上的银河，一群白鹭正腾空而起。这江山多娇的秋景，又怎是图画能够描绘得尽呢?

以上三个长句一气贯下，血脉丰盈。短短三十六字，简直可以作为一篇“金陵秋景赋”来读。“千里”二字上承首句，因登临送目，故能视极千里；下启“澄江似练，翠峰如簇”的全景扫描，壮丽江山一揽于眼底。“千里”句脱化于南朝谢朓《晚登三山还望京邑》中“澄江静如练”的佳句。下面两句，又一一展示了归帆、去棹、酒旗、彩舟等景观，长江航运商业的兴旺繁华，仿佛不受时间影响，从来没有停止过。由此，作者的思路也不禁由实入虚，最后以“画图难足”结之，歇拍收束有力。

念往昔、繁华竞逐。叹门外楼头，悲恨相续

回忆当年，六朝君臣曾在这里竞逐豪华，穷奢极欲。最令人叹息不已的是，当隋将韩擒虎领军攻破建康城，已经从朱雀航来到台城的宫门——南掖门的时候，陈后主和妃子张丽华还在高楼上寻欢作乐，不知道自己已经成了亡国奴。在数百年的历史中，这样的亡国悲剧竟然连续不断地上演着。“门外楼头”句隐括杜牧《台城曲》“门外韩擒虎，楼头张丽华”的诗句。杜牧的原诗将两个场景剪辑在一起，非常戏剧化。而六朝君臣的荒唐和败家丧国的事迹实在太多，不胜枚举。所以作者只是随意撷取了一个最有代表性的片断，再用“悲恨相续”四字宕开，概括精准而意味悠长。

千古凭高对此，谩嗟荣辱。六朝旧事随流水，但寒烟、芳草凝绿。至今商女，时时犹唱，后庭遗曲

事往千年，在此登高怀古的人，空自浩叹这历史的荣辱兴衰。无穷的六朝旧事，就像长江的流水，滚滚地向东消逝，一去不返。只剩下寒烟漠漠，芳草萋萋，凝染出一片惨绿苍茫之色。然而直到今天，歌女们仍然不时地唱起那《玉树后庭花》的遗曲。

后人对人世沧桑的思索和感慨，本来就无法补救已经成为历史的事实；而历史的长河已经携卷着六朝的繁华远去，只剩下一片荒芜。这是“谩嗟荣辱”的第一层意思。“谩”，通“漫”，徒然之意。最后一句化用杜牧《夜泊秦淮》“商女不知亡国恨，歌江犹唱后庭花”诗意。“后庭花”，即《玉树后庭花》，相传为六朝末代皇帝陈朝后主陈叔宝所创制，后来被当作亡国之音的代名词。古往今来，人们对丧乱衰亡的原因作过很多的思考和总结。“豪华尽出成功后，逸乐安知与祸双”，这是妇孺皆知的道理。但在现实中，人们却往往事事因循，汩没于流俗，而不思变革进取。这不由人不想起杜牧的《阿房宫赋》：“秦人不暇自哀，而后人哀之。后人哀之而不鉴之，亦使后人而复哀后人也。”这是多么可悲的历史循环！全词的深意也正在于此。鉴古戒今，体现了王安石作为一个政治家的忧患意识。

评解

这是一首怀古佳作，用字精炼，用典妥帖，情与景、怀古与讽今融为一炉。即使是在众多的金陵怀古之作中，这首词也是非常突出的。据《历代诗余》引杨湜《古今词话》记载：“金陵怀古，诸公寄调于《桂枝香》者三十余家，独介甫最为绝唱。”此词意境、识度高远，虽多处隐括前人名句，但自然浑成如己出，艺术成就很高。

后　记

萌动请人编辑出版一套独特的中国古典诗词赏读书籍的念头已久，没想到与五洲传播出版社的同志谈起，一拍即合。

社会上已出版的古典诗词类图书琳琅满目，这套书如何称其“独特”呢？我们的设想是：

一、每位诗人、词人独立成册。这便于选择最有代表性的诗词名家，集中介绍他们最具代表性的作品；也便于读者体会和研究每位诗词名家的风格和文采。

二、撰写人物简介。每分册前面都有一篇诗人、词人的生平介绍，其内容要比常见的“三言两语”的介绍更翔实、更丰富。不仅叙说诗人、词人的身世际遇，而且对其创作成就、艺术特色也尝试作简明的评说。孟子曰：“颂其诗，读其书，不知其人，可乎？是以论其世也。”说的是欲深入理解一个人的作品，就应该对这个人及其时代有一定了解。由于年代久远，大多诗家词人并非贵胄世家，其历史资料零散缺失，有些问题学术界尚无定论，比如李白的家世和出生地，至今仍是个谜，有多种说法。由此可见，“知人论世”并非易事。对此，我们以严谨的治学态度，尽可能吸纳目前的研究成果。

三、“三段解”方式。对书中的每篇作品，均采用题解、句解、评解的手法进行评析和赏读。古典诗词文辞精粹，含蓄内敛，善于通过各种艺术手法传达味外之旨、韵外之致。以“三段解”的方式对诗词逐题逐句地进行意译和评解，雅俗共赏，对大家深入理解诗词的思想内容和艺术风格、体味其中的文化意蕴，力图给出些许提示。

四、以画配诗词。每首诗词作品，都配以当代画家根据其意境专门绘制的国画，以期诗情画意，相得益彰。其中不乏程十发、顾炳鑫、刘旦宅、华三川、范曾、戴敦邦等名家手笔。部分画作，是画家先前发表过的；绝大多数的作品，则是邀请画家特意为本书系创作的。

有了这样的设想，下一步的关键在于能否请到合适的作者。五洲传播出版社为本书系约请作者的门槛颇高：首先须是中国古典文学研究领域的专家学者，有较深学术造诣；其次是能厚积而薄发，有深入浅出的文字表达能力。应该感谢的是，一批年富力强的学人加入了编写队伍。由于他们的辛勤劳作，才有了我们现在看到的这套《中国古典诗词精品赏读》。

李　冰

于北京